GRöLS Verlage

„Bücher sind wie Fallschirme. Sie nützen uns nichts, wenn wir sie nicht öffnen."

Gröls Verlag

Redaktionelle Hinweise und Impressum

Das vorliegende Werk wurde zugunsten der Authentizität sehr zurückhaltend bearbeitet. So wurden etwa ursprüngliche Rechtschreibfehler regelmäßig *nicht* behoben, denn kleine Unvollkommenheiten machen das Buch – wie im Übrigen den Menschen – erst authentisch. Mitunter wurden jedoch zum Beispiel Absätze behutsam neu getrennt, um den Lesefluss zu erleichtern.

Um die Texte zu rekonstruieren, werden antiquarische Bücher von Lesegeräten gescannt und dann durch eine Software lesbar gemacht. Der so entstandene Text wird von Menschen gegengelesen und korrigiert – hierbei treten auch Fehler auf. Wenn Sie ebenfalls antiquarische Texte einreichen möchten, finden Sie weitere Informationen auf www.groels.de

Viel Freude bei der Lektüre wünscht Ihnen das Team des Gröls-Verlags.

Adressen

Verleger: Hermann-Josef Gröls,

Im Borngrund 26, 61440 Oberursel

Externer Dienstleister für Distribution & Herstellung:

BoD, In de Tarpen 42, 22848 Norderstedt

Unsere „Edition | Werke der Weltliteratur" hat den Anspruch, eine der größten und vollständigsten Sammlungen klassischer Literatur in deutscher Sprache zu werden. Nach und nach versammeln wir hier nicht nur die „üblichen Verdächtigen" von Goethe bis Schiller, sondern auch Kleinode der vergangenen Jahrhunderte, die – zu Unrecht – drohen, in Vergessenheit zu geraten. Wir kultivieren und kuratieren damit einen der wertvollsten Bereiche der abendländischen Kultur. Kleine Auswahl:

Francis Bacon • Neues Organon • **Balzac** • Glanz und Elend der Kurtisanen • **Joachim H. Campe** • Robinson der Jüngere • **Dante Alighieri** • Die Göttliche Komödie • **Daniel Defoe** • Robinson Crusoe • **Charles Dickens** • Oliver Twist • **Denis Diderot** • Jacques der Fatalist • **Fjodor Dostojewski** • Schuld und Sühne • **Arthur Conan Doyle** • Der Hund von Baskerville • **Marie von Ebner-Eschenbach** • Das Gemeindekind • **Elisabeth von Österreich** • Das Poetische Tagebuch • **Friedrich Engels** • Die Lage der arbeitenden Klasse • **Ludwig Feuerbach** • Das Wesen des Christentums • **Johann G. Fichte** • Reden an die deutsche Nation • **Fitzgerald** • Zärtlich ist die Nacht • **Flaubert** • Madame Bovary • **Gorch Fock** • Seefahrt ist not! • **Theodor Fontane** • Effi Briest • **Robert Musil** • Über die Dummheit • **Edgar Wallace** • Der Frosch mit der Maske • **Jakob Wassermann** • Der Fall Maurizius • **Oscar Wilde** • Das Bildnis des Dorian Grey • **Émile Zola** • Germinal • **Stefan Zweig** • Schachnovelle • **Hugo von Hofmannsthal** • Der Tor und der Tod • **Anton Tschechow** • Ein Heiratsantrag • **Arthur Schnitzler** • Reigen • **Friedrich Schiller** • Kabale und Liebe • **Nicolo Machiavelli** • Der Fürst • **Gotthold E. Lessing** • Nathan der Weise • **Augustinus** • Die Bekenntnisse des heiligen Augustinus • **Marcus Aurelius** • Selbstbetrachtungen • **Charles Baudelaire** • Die Blumen des Bösen • **Harriett Stowe** • Onkel Toms Hütte • **Walter Benjamin** • Deutsche Menschen • **Hugo Bettauer** • Die Stadt ohne Juden • **Lewis Caroll** • *und viele mehr….*

Inhalt

Matthias Blank

Ein seltsamer Zeuge

Der Amateurphotograph

Michael Gebhart war ein beneidenswerter, junger Mann. Er hatte in der Auswahl seiner Eltern die nötige Sorgfalt walten lassen und sich eine Wiege auserwählt, an der ein Elternpaar nur darauf wartete, ihren Sprößling mit all dem zu überschütten, was wir als den Inbegriff jeden Glückes anerkennen. Die reichen Eltern hatten, so lange sie lebten, nur darauf hingearbeitet, das einzige Kind glücklich zu machen. Und Michael Gebhart war glücklich. Schon die Natur hatte ihn begünstigt. Er war schön und von eleganter Erscheinung, besaß dabei aber ein sehr zufriedenes Gemüt, das ihm auch ein Glück unter weniger günstigen Verhältnissen gebracht hätte.

Michael war eben ein Schoßkind der launigen Glücksgöttin Fortuna. Seine Eltern waren schon seit mehreren Jahren tot. Ganz allein lebte er mit einer tüchtigen Wirtschafterin, die er mit dem Erbe seiner Eltern übernommen hatte, und einem Hausburschen in einer eleganten Wohnung.

Wie es seine Gewohnheit war, hatte Gebhart an dem wundervollen Sommertage schon in der frühesten Morgenstunde, nur mit seinem Photographenapparate ausgerüstet, allein einen Ausflug unternommen. Zur Mittagsstunde war er zurückgekehrt, und sofort nach dem Essen war er in der Dunkelkammer verschwunden, um die Bilder zu exponieren, die er auf seinem Spaziergange aufgenommen hatte.

Er war ein leidenschaftlicher Amateurphotograph und hatte sich als solcher schon viele Preise erworben. Seine Aufnahmen waren stets mit peinlicher Exaktheit ausgeführt. Die schönsten und bestgelungenen seiner Aufnahmen pflegte er zu vergrößern und in passender Umrahmung als Zimmerschmuck zu verwenden.

Auch an dem Vormittage war ihm das Glück günstig gewesen. In einer Talmulde der Glonn hatte er zwischen sanftansteigenden Hügeln ein rebenumsponnenes Häuschen entdeckt, das so einsam in dem Landschaftsbilde lag, als wohnte darin das Märchen. In dem Morgensonnenlicht leuchtete das weiße Mauerwerk nochmals so hell, von dem dunklen Laubwerk der Reben, die an den Mauern emporkletterten, kontrastierte wirkungsvoll das helle Grün der Fensterläden. Im Hintergrunde stiegen die Hügel an mit den lichten Baumgruppen. Darüber lag ein flimmernder, blaßgrauer Himmel, an dem eben eine mächtige, weiße, silbrigglänzende Wolke emporstieg.

So sah er noch im Geiste das Bild; es sollte eine seiner besten Aufnahmen werden.

Die Dunkelkammer war nur durch ein rotes Ampellicht spärlich erhellt. Michael Gebhart hatte schon das Fixierbad bereitgestellt; dann kam die Platte aus der Kassette in das Bad. Unter gleichmäßigem Schaukeln plätscherte die Flüssigkeit über die Glasplatte, die sich allmählich dunkler färbte. Helle und dunkle Stellen prägten sich ab, das Bild entwickelte sich. Der Himmel, der Wald, das Häuschen selbst, alles war schon zu sehen. Soviel konnte er jetzt schon erkennen, daß diese Aufnahme zu seinen glücklichsten gehörte. Jetzt war die Platte ganz entwickelt.

Er hielt sie gegen das rötliche Ampellicht, um das Bild nochmals in allen Einzelheiten zu prüfen.

„Gut!" murmelte er dabei befriedigt vor sich hin. „Man sieht fast Blatt für Blatt der Reben, die das Haus umspinnen."

Dann schwieg er, aber wie einer, der über eine plötzliche Entdeckung überrascht ist; er sah aufmerksamer auf das Negativbild der Platte und fast wäre sie seiner Hand entfallen.

Dabei kam kein Wort über seine Lippen, das verraten hätte, was ihn so erschreckt hatte. Nur eine etwas fieberhafte Hast hatte ihn gepackt, als er in einem zweiten Bade die fertig entwickelte Platte unempfindlich gegen Licht machte.

Und es mußte etwas ganz Bedeutsames sein, was ihn festgebannt hatte, denn er kümmerte sich um die anderen Aufnahmen, die er sonst noch gemacht hatte, weiter nicht mehr. Das eine Bild hielt ihn gefesselt. Endlich war die Platte soweit fertig, daß er davon Abzüge herstellen konnte.

Als er jene vorher nochmals gegen das Licht hielt, da zitterten seine Finger und seine Lippen murmelten fast unhörbar:

„Das ist ja furchtbar!“

Alles ließ er in der Dunkelkammer liegen, ganz gegen seine Gewohnheit, da er ein Freund peinlichster Ordnung war, und ging nach seinem Zimmer, wo er sofort die Platte in den Rahmen stellte, um eine erste Kopie des Bildes zu erhalten.

Während diese zur Belichtung in der Sonne lag, schritt er in nervöser Unruhe auf und nieder; dabei hatte er die Hände auf den Rücken gelegt und sein Blick irrte immer wieder dorthin, wo sich das erste Bild vollendete.

Endlich!

Er nahm es aus dem Rahmen! Fertig. Seine beste Aufnahme. Doch seine Augen suchten etwas anderes. Die rebenumsponnene Villa zeichnete sich scharf und deutlich ab. Ein Fenster im ersten Stockwerk stand offen. Deutlich erkennbar war es auf dem Bilde. Aber das Bild verriet noch mehr.

In dem offenen Fenster standen zwei Gestalten, eine war nur mit dem Rücken zu erkennen, die zweite aber – ein Mann mit langem Barte – hielt in erhobener Hand ein blankes Beil, das drohend über der ersten Gestalt schwebte und auf diese in gleicher Sekunde niedersausen mußte.

Dies zeigte das Bild.

So war der Photographenapparat Zeuge einer Mordtat gewesen, die sonst niemand gesehen haben mochte. Und der Apparat hatte die Tat festgehalten, sodaß er besser Zeugnis geben konnte wie eines Menschen Worte.

Nur noch kurze Zeit mußte Michael auf das Bild verwenden, um auch das Papier gegen Licht unempfindlich zu machen.

Dann aber verließ er seine Wohnung in eiliger Hast und bestieg die erste Droschke, die seinen Weg kreuzte.

Das Polizeigebäude war das Ziel seiner Fahrt.

Kommissar Steinherz saß in seinem Bureau und ließ die Feder für einen Augenblick ruhen, als Gehhart durch die Tür hereinstürmte, fast atemlos, und an Stelle jeglicher Begrüßung seine photographische Aufnahme auf dem Tische des Kommissars niederlegte, der verwundert bald das Bild, bald den Überbringer anstarrte.

Steinherz war ein mittelgroßer Mann mit kahlem Kopfe und schwarzem Spitzbarte, der aber schon manche weiße Fäden aufwies; er galt als ein sehr tüchtiger Beamter, dem stets die schwierigsten Fälle zugewiesen wurden.

„Was soll ich mit dem Bilde?"

Noch immer keuchend, denn Gebhart war in großen Sprüngen die Treppe zum Bureau emporgestürmt, gab er in abgerissenen Sätzen zur Antwort:

„Diesen Morgen aufgenommen. Auf einem Spaziergange. Nichts gesehen! Nur das Bild."

Durch diese Worte wurde der Kommissar nicht klarer. Was sollte das Bild? Schließlich war ein Polizeikommissar doch kein Sachverständiger für die Güte photographischer Aufnahmen. Nur um etwas zu sagen, erklärte er, wobei er das Bild an Gebhart wieder zurückgeben wollte:

„Die Aufnahme scheint ja sehr gut gelungen zu sein! Aber weshalb bringen Sie mir das Bild? Ich verstehe nicht viel davon."

„Aber das Fenster im ersten Stock, das zweite von rechts, steht offen."

Der Kommissar war noch mehr verwundert. Weshalb sollte ihn das interessieren? Er blickte wieder auf das Bild und bemerkte in gleichgültigem Tone:

„Richtig, das Fenster steht – –"

Aber er vollendete den Satz nicht; er war aufgesprungen, zum Fenster hingeeilt und besah im Lichte genauer das Bild. So klein sich auch alles zeigte, so war die Szene, die sich durch das offene Fenster bot, doch deutlich zu erkennen.

Ein Mann mit Vollbart drang mit hochgeschwungenem Beil auf einen anderen ein, der ihm den Rücken zuwandte.

Das hatte die photographische Linse in einer Momentaufnahme festgehalten.

Hastig wandte sich Steinherz um.

„Da ist ein Mord geschehen!"

„So kann es nur sein," antwortete Gebhart.

„Wo waren Sie gewesen, wo haben Sie diese Aufnahme gemacht?"

„Im Glonntale. Wo der Weg von Auhof nach Maxkron führt."

„Wann?"

„Diesen Morgen, es wird gegen zehn Uhr gewesen sein."

„Haben Sie dabei die Szene an jenem Fenster nicht selbst beobachtet?"

„Nein! Erst als ich in meiner Dunkelkammer das Bild entwickelte, wurde ich darauf aufmerksam."

„Haben Sie Zeit?"

„Natürlich!“

„Dann werden Sie mich nach dem Orte der Mordtat begleiten!“

Es war kaum eine Viertelstunde verstrichen, da fuhr ein Automobil im schärfsten Tempo auf der Landstraße nach Auhof.

In dem Automobil saßen Michael Gebhart, Kommissar Steinherz und noch zwei Kriminalbeamte. Es wurde nur wenig gesprochen, denn alle hingen ihren eigenen Gedanken nach, die sich ausschließlich damit beschäftigten, was wohl in dem rebenumrankten Häuschen gefunden würde.

„Wenn wir die Höhe dieser Straße erreicht haben werden, können wir die Villa sehen,“ sagte endlich Michael Gebhart und wies mit ausgestreckter Hand auf den leicht ansteigenden Hügel, den das Automobil in rasendem Tempo erklomm.

Nun lag das Landschaftsbild auch schon so vor ihnen, wie es die photographische Aufnahme gezeigt hatte.

Kommissar Steinherz warf einen prüfenden Blick auf das Bild des Friedens. Eine fast feiertägige Ruhe lag über der Landschaft. Die Nachmittagssonne war hinter einen Hügel verkrochen und nur schwache Strahlen sandte sie durch die dichten Baumstämme des hochaufragenden Waldes; aber keiner davon drang in die Talsenkung hinunter, in der das rebenumsponnene Landhäuschen stand. Wie ein Märchen, in tiefen Schlaf versunken, sinnend und träumend lag das Landhäuschen in seiner Abendruhe. Die Türen waren geschlossen, nichts regte sich, nichts ließ auf Leben dort unten schließen.

„Wissen Sie, wer der Besitzer davon ist?“ fragte der Kommissar.

„Nein.“

„Als Sie diesen Morgen die Aufnahme gemacht hatten, hatten Sie dabei auch keine Beobachtung gemacht, ob dieses Häuschen bewohnt ist?“

„Nein! Ich dachte, es sei unbewohnt.“

Kommissar Steinherz hatte, um Vergleiche anstellen zu können, die Photographie in der Hand.

„Das Bild zeigt mit wunderbarer Schärfe das offene Fenster, läßt die Szene genau erkennen: der Mann mit dem Vollbart schwingt drohend das Beil über dem Ahnungslosen, der ihm den Rücken zuwendet. Genauer ist aber dieser mutmaßliche Mörder auch nicht zu erkennen. Ein Mann mit Vollbart! Wer sein Opfer war, darüber werden wir bald Gewißheit erlangen."

Das Automobil sauste den Berg hinab, der Villa zu.

„Von dem Baume dort habe ich die Aufnahme gemacht."

„Richtig! Das Bild läßt es erkennen. Aber das auf dem Bilde offene Fenster ist jetzt geschlossen wie die anderen."

„Wirklich!"

„Das hat nachträglich der Mörder getan," erklärte der Kommissar. „Nur ist es zu spät geschehen, denn der photographische Apparat war schon Zeuge seiner Tat."

Das Automobil hielt vor dem kleinen Landhause an. Mit erwartungsvoller Aufregung und beklemmenden Gefühlen schritt Gebhart mit dem Kommissar der Tür zu.

Ein Messingschild wies den Namen:

„H. Sontheimer."

Ehe der Kommissar die Glocke läutete, wandte er sich fragend an Michael Gebhart:

„Sollte dies der bekannte Hans Sontheimer, der Begründer der Firma Sontheimer-Esdeale sein?"

„Mir unbekannt."

Ein schrilles Läuten folgte.

Dann aber atemlose Stille. Nichts regte sich. Im Hause schien kein Mensch zu sein.

Nochmals versuchte es der Kommissar. Länger und stärker war sein Läuten.

Aber der Erfolg war der gleiche. Kein fremder Laut kam aus dieser einsamen Villa, nur Widerhall des Läutens tönte zurück.

Stumm und tot!

„Wir müssen die Tür aufbrechen!"

Kaum hatte der Kommissar die Weisung gegeben, da arbeiteten die beiden Kriminalbeamten mit Brechwerkzeug auch schon an der Tür, die ihren Anstrengungen nur sehr geringen Widerstand entgegensetzte. Bald krachte das Holz und die Tür war offen.

Der Kommissar und Gebhart betraten als die ersten das einsame Haus, in dem die Mordtat begangen sein mußte.

Bald waren sie durch alle Zimmer im Erdgeschoß gekommen, die zwar sämtlich mit elegantem Luxus möbliert waren, aber doch verrieten, daß sie in der letzten Zeit nicht bewohnt worden waren. Die Polstermöbel hatten alle Schutzbezüge, die Kästen und Schränke waren leer.

Dann stiegen sie die Treppe empor, die unter ihren Schritten ganz leise knarrte; und das klang wie ein stöhnendes Ächzen, wie das Jammern eines Todwunden. Die ersten Zimmer leer.

„Das Haus scheint nicht bewohnt gewesen zu sein!"

Michael Gebhart, dessen Aufregung sich umsomehr steigerte, je näher sie dem Zimmer kamen, in dem der Mord geschehen sein mußte, nickte nur mit dem Kopfe. Er fühlte, daß seine Füße zitterten.

„Dort! In dem Zimmer muß die Tat begangen worden sein."

Kommissar Steinherz stand vor der Tür; seine Hand hatte die Klinke gefaßt. Die Tür war nicht versperrt. Langsam öffnete er sie und die beiden konnten in das Zimmer hineingehen.

Aber was sie sahen, war von so überraschender Wirkung, wie es der grauenvollste Anblick nicht hätte hervorrufen können. Was sich ihren

Augen zeigte, war das, was sie am allerwenigsten vermuten konnten, was am allerwenigsten wahrscheinlich war.

So mußte es auch kommen, daß sich beide in fassungslosem Erstaunen anstarrten und keiner zunächst ein Wort sprechen konnte.

Dort das Fenster!

Durch dieses hatte der Photographenapparat die Mordtat festgebannt.

Kommissar Steinherz fand zuerst Worte der Überraschung und des Erstaunens.

„Leer! Keine Leiche, kein Mord! Nirgends Blut, nirgends die Spuren einer Mordtat."

Michael Gebhart nickte erst zustimmend, dann sagte er langsam und nachdenklich, als müßte er jedes Wort erst prüfen und abwägen:

„Aber der Apparat kann doch nicht lügen."

„Hier zeigt sich aber auch nicht die mindeste Spur!" erklärte der Kommissar wiederum.

So war es auch.

Das Zimmer war offenbar die Bibliothek. In großen Schrankfächern standen Bücher, hohe und kleine, meist Handelsliteratur. In anderen Regalen waren schönwissenschaftliche Werke, darunter alle Klassiker und viele moderne Autoren. Einen bevorzugten Platz nahmen die Werke Nietzsches ein und das Exemplar von „Also sprach Zarathustra" war viel abgegriffen. Dies mußte besonders bevorzugt worden sein.

Neben dem Fenster war ein kleiner Schreibtisch. Auf dem großen Bodenteppich stand ein eckiges Rauchtischchen, um das vier Fauteuils gruppiert waren.

Auf den Bücherregalen und Ständern waren die Büsten bekannter Dichter.

Sonst wies das Zimmer nichts auf.

„Es ist leer! Überall größte Ordnung! Hier kann kein Mord verübt worden sein.“

„Ist es auch das gesuchte Zimmer?“

Der Kommissar war zum Fenster hingegangen und blickte hinaus.

„Das zweite Fenster rechts! Hier müßte es nach photographischen Aufnahme geschehen sein.“

Gebhart nickte nur.

Das alles war so überraschend auf ihn eingedrungen, daß er noch immer unter dem Banne des am wenigsten Erwarteten stand.

Selbst der Kommissar wurde erst nachdenklich. Er hielt das Bild in der Hand und blickte darauf hin. Aber das Bild änderte sich nicht; er sah auf diesem immer noch das offene Fenster und die Szene, die nur allzu deutlich kundgab, was geschehen sein mußte.

Und jetzt war das Fenster geschlossen.

Keine Leiche! Nirgends Blut!

Kommissar Steinherz zermarterte sein Gehirn, aber er konnte für den großen Widerspruch, der in dem Bilde und in den vorgefundenen Tatsachen lag, keine Lösung finden.

Die photographische Linse, die schärfer und genauer sieht als das Auge, konnte nicht lügen.

Was war denn geschehen?

Das Fenster war geschlossen worden. Die Villa war unbewohnt!

Aber irgend jemand mußte das Fenster geschlossen haben.

Kommissar Steinherz erkannte, daß hier ein Fall gegeben war, der in der Kriminalgeschichte einzig dastand, daß er einer Tat gegenüberstand, die wohl die sensationellste und aufsehenerregendste sein mußte.

An den zwei Tatsachen mußte er unbedingt festhalten:

Das Fenster war offen und dann geschlossen worden.

Zwei Männer waren in diesem Zimmer und einer hatte über den anderen drohend ein Beil erhoben.

Wer aber konnte alle die Fragen beantworten, die sich daraus folgern ließen?

Aber nur eine konnte von größter Bedeutsamkeit sein:

War die Tat ausgeführt worden, die von der photographischen Aufnahme fixiert worden war?

Der erste Augenschein verneinte dies, denn es lag kein Leichnam vor und es zeigten sich keinerlei sonstige Spuren einer solchen Tat.

Jemehr Schwierigkeiten sich dem Kommissar entgegenstellten, je geheimnisvoller und unentwirrbarer das Rätsel wurde, das der Kommissar zur Lösung bringen mußte, umsomehr steigerte sich seine Arbeitslust. Seine Schaffensfreudigkeit nahm mit der Größe der Aufgabe zu.

Steinherz wußte, der oberflächliche Augenschein durfte allein nicht maßgebend sein. Er mußte vorsichtig auf die scheinbar geringfügigsten Nebenumstände Gewicht legen.

Er sprach mit Gebhart kein Wort mehr, sondern ging mit solcher Ruhe seiner Aufgabe nach, als wäre er ganz allein.

Seine ersten Untersuchungen nahm er in den Flurgängen und Nebenräumen vor. Dann erst war er wieder in das Bibliothekzimmer zurückgekehrt, wo er aufmerksam den Boden studierte, dann das Rauchtischchen und die Fauteuils seitwärts rollte und den Teppich wegschaffte.

Was er dabei wahrnahm, schien ihn zu befriedigen, denn er nickte beifällig.

Michael Gebhart war erstaunt allen diesen Untersuchungen gefolgt, die ihm zwecklos erschienen und ihm nicht das mindeste verrieten. Deshalb sagte er zu dem Kommissar, als dieser abermals das Bibliothekzimmer verlassen wollte:

„Dann wäre hier also gar nichts geschehen?“

„O doch, hier ist etwas geschehen! Ein Mord! Weiter nichts!“

„Ein Mord! Dann hat das Bild also richtig gezeigt.“

„Natürlich! Das konnte doch nicht lügen.“

Gebhart erschien noch alles unverständlich, denn er schüttelte zweifelnd den Kopf:

„Aber die Leiche!“

„Diese will ich erst suchen.“

„Wie aber kamen Sie so rasch zu einer solchen Überzeugung?“

„Wenn ich Ihnen das erkläre, so werden Sie es so selbstverständlich finden, daß Sie sich wundern werden, nicht selbst aufmerksam geworden zu sein. Ich habe mir den Flur und die Nebenzimmer angesehen. Dort zeigt der Boden überall die Staubschicht, die genau verrät, daß die Räume in der letzten Zeit nicht bewohnt wurden. Hier aber ist der Boden glatt und zeigt fast kein Staubkörnchen; er mußte also vor kurzer Zeit gereinigt worden sein. Im Herrenzimmer nebenan zeigt eine scharfe abgegrenzte Fläche, daß dort ein Teppich gelegen hat und, wie ich durch Messungen festgestellt habe, ein Teppich von der Größe wie dieser hier. Es stimmt auf den Millimeter. Es war also der Teppich vom Herrenzimmer hierhergeschafft worden. Dafür mußte doch ein bestimmter Grund vorliegen. Ich habe deshalb hier den Teppich weggenommen und gefunden, daß der Boden darunter noch feucht war, daß dieser also erst heute mit Wasser gescheuert worden war.“

Mit immer größerem Erstaunen war Gebhart dem Bericht gefolgt; als der Kommissar nun eine kleine Pause folgen ließ, erklärte er:

„Das ist allerdings leicht wahrzunehmen. Was hat aber das alles zu bedeuten?“

„Es mußte eine Veranlassung vorliegen, gerade dieses Zimmer mit Wasser reinzumachen, den Boden zu scheuern und von dem Herrenzimmer den Teppich hier herüberzubringen. Der Teppich sollte zunächst den feuchten Boden verbergen. Wie nun die ganze Villa eingerichtet ist, läßt sich doch mit größter Wahrscheinlichkeit vermuten, daß auch in diesem Zimmer ein Teppich gelegen hat, genau wie in allen übrigen. Mit den: Bibliothekzimmer allein wurde gewiß keine Ausnahme gemacht."

„Das kann ich schon verstehen. Wo aber mag dieser Teppich hingebracht worden sein?"

Einen kurzen Augenblick zögerte Kommissar Steinherz mit der Antwort; dann erklärte er:

„Erinnern Sie sich an das Bild! Hier hätte das Opfer stehen müssen, hier der Mörder. Der Ermordete mußte unter einem solchen Schlag sofort zusammengebrochen sein. Sein Blut hatte also den Teppich und den Boden besudelt. Den Boden konnte der Mörder mit Wasser reinwaschen. Den Teppich nicht. Wir werden also den Teppich finden, wo wir die Leiche finden werden."

Gebhart nickte nur; jetzt war ihm alles verständlich und er erkannte die volle Richtigkeit der Voraussetzungen des Kommissars.

Mit desto größerer Lebhaftigkeit folgte er den weiteren Nachforschungen.

Nun suchte Kommissar Steinherz mit seinen Leuten in allen Räumen des einsamen Landhauses; jedes Fach wurde geöffnet, jeder Schrank, jeder Behälter. Umsonst! In jedem Zimmer wurde gesucht, im Keller und im Speicher, und in dem rückwärts gelegenen Garten.

Doch alles Suchen war ohne Erfolg.

Eine Leiche oder der verschwundene Teppich war nirgends gefunden worden. Der Kommissar hatte seine wohltuende Ruhe verloren, er war nervös und aufgeregt geworden.

Die Leiche konnte der Wind nicht fortgetragen haben! Und doch hatte er sie nirgends finden können.

Im Westen leuchtete dämmerndes Abendrot.

Da ließ der Kommissar das erfolglose Suchen. Er wußte, ein Mord war begangen worden.

Wo aber war die Leiche, wer war der Tote, und wer der Mörder?

Würde er jemals diese drei Fragen beantworten können?

Er erteilte die notwendigen Weisungen: Die beiden Kriminalbeamten mußten in der einsamen Villa übernachten, um am nächsten Morgen die Nachforschungen nach der verschwundenen Leiche fortzusetzen. Nicht allein im Hause, sondern auch in der Umgebung sollte gesucht werden.

Dann erst fuhren Kommissar Steinherz und Gebhart mit dem Automobil nach der Stadt zurück. Erst saßen sie lange Zeit wortlos nebeneinander, bis Gebhart die Frage wagte:

„Was haben Sie nun mit aller Sicherheit erreicht?“

„Ich weiß, daß ein Mord geschehen ist.“

„Sonst nichts?“

Steinherz zuckte die Schultern.

Damit verriet er nichts, und bejahte weder noch verneinte er die Frage.

„Was aber werden Sie jetzt tun?“

„Ich werde mich bei Sontheimer anmelden lassen!“

Die beiden Kompagnons

In ein elegantes Herrenzimmer waren die Schatten der anbrechenden Nacht gesunken und die Dämmerung ließ nur die Schatten zweier Männer erkennen, die sich gegenüberstanden.

Der eine war groß und breitschulterig, der andere ungefähr von gleicher Größe, aber schmäler.

Von den rotbraunen Tapeten kontrastierten die hellen Eichenmöbel und gleich weißen Lichtern stachen die weißen Marmorbüsten eines Dante und Goethe ab. Die Bilder an den Wänden zeigten sich nur als dunklere Flächen.

„Gab es keine andere Möglichkeit?“ fragte der Schmächtigere soeben sein Gegenüber.

„Nein!“

„Das aber wollte ich nicht.“

Der andere ging mit schweren Schritten auf und nieder und lachte zu diesen Worten, gellend und schneidend wie aus Hohn:

„Nicht gewollt? Wer frägt danach? Der Wille ist nichts! Nichts! Wir alle sind nur Marionetten eines Schicksals, dem niemand entrinnen kann. Was kümmert sich der Tod darum, wenn sein Opfer sagt: ich will nicht.“

„Anders hätte es geschehen können.“

Wieder standen sie sich gegenüber und die Blicke begegneten sich, prallten zusammen wie zwei Stahlklingen, die sich in entscheidendem Kampfe kreuzen; aber keiner senkte den Blick.

Da mochte wohl jeder in dem anderen den Feind erkannt haben! Da sah vielleicht jeder, daß in den Augen der Haß auftauchte, daß jeder über den anderen hinwegschreiten würde, wenn er hindernd seinen Schicksalsweg kreuzte.

So lange Jahre waren sie scheinbar als Freunde nebeneinander hergegangen, sie hatten stets freundlich miteinander gesprochen, jeder hatte dem anderen geglaubt und jeder hatte heimlich den anderen gehaßt.

Und in diesem Augenblick verstanden sie, daß dieser Haß ein gegenseitiger war, da hatten sie erkannt, daß sie sich Feinde waren, immer schon. Jeder hatte geheuchelt, um den anderen zu täuschen, jeder hatte an die Freundesmaske des anderen geglaubt. Nun war die Maske gefallen und sie sahen sich zum ersten Male in Wahrheit.

Der stärkere von den zweien, Frank Esdeale, war ein geborener Amerikaner, lebte schon seit mehr als einem Jahrzehnt in der Stadt und war der Geschäftsteilhaber des anderen, Hans Sontheimer.

Diese zwei waren die einzigen Inhaber des größten Bankinstituts der Stadt, Sontheimer-Esdeale.

Und sie waren sich in ihren Herzen die größten Feinde gewesen; jeder wollte über den anderen hinaus zu eignen Zielen.

Schweigend standen sie sich gegenüber, als fürchtete jeder das nächste Wort, jeder bereit zur Parade, aber keiner zum Angriff.

So rasch war diese Erkenntnis gekommen, daß sie beide sich immer gehaßt hatten, daß jeder den anderen als Werkzeug, als Mittel zum Zweck angesehen hatte.

Nun mußte ein Ende kommen.

„Was nun?"

Wer von den beiden hatte gefragt? Vielleicht beide und jeder wartete auf die Antwort.

Frank Esdeale war an das Fenster getreten und sah in die Nacht hinaus, die ihre schwarzen Fittiche immer tiefer senkte.

Hans Sontheimer war an den Schreibtisch gegangen und setzte sich, wobei er mit tonloser, aber fester Stimme, die frei von jeder Erregung war, erklärte:

„Dann hat es so kommen müssen. Wer aber trägt die Schuld?"

Esdeale schwieg und sah den dunklen Wolkengestalten nach, die in den seltsamsten Formen über den Nachthimmel jagten.

Da er nicht antwortete, fuhr Sontheimer in seiner Rede fort:

„Wir beide! Und wenn wir die Verantwortung fürchten, wenn wir die Last der Schuld nicht tragen können, das Schicksal. Das Schicksal hat alles verschuldet. Es ist so bequem, die Vergeltung auf die Schultern eines anderen abzuladen. Schicksal, Fatum, Kismet, Verhängnis, so viele

Namen für das nämliche, für die Furcht vor der eigenen Verantwortung. Es ist nicht nur jeder seines Glückes Schmied, sondern auch seines eigenen Unheils Schmied.“

Esdeale blickte nach seinem Kompagnon zurück; seine Stimme klang scharf und schneidend, kalt und rücksichtslos:

„Was sollen uns viele Reden nützen? Es ist geschehen. Ein Zurück gibt es nicht mehr, sondern nur ein Vorwärts. Also –“

Er vollendete seine Gedankenfolge nicht, denn Sontheimer bedeutete ihm durch eine Geste mit der Hand zu schweigen.

„Ich weiß! Was Sie sagen wollten, habe ich verstanden. Nun sind wir zusammengekettet und keiner kann frei von dem anderen werden. Wir verstehen uns, wir hassen uns, wir bedürfen keiner Lüge, und keiner Heuchelei mehr. Und doch können wir voneinander nicht loswerden.“

„Also!“ warf Esdeale dazwischen.

„Schon gut!“

Hans Sontheimer, dessen Bart fast bis auf die Brust niederfiel, griff nach der Feder und unterzeichnete das auf dem Schreibtisch liegende Schriftstück mit seinem Namenszug, der Hunderttausende repräsentierte. Als er dann die Feder zurückwarf, geschah es wie vor Abscheu, und seinen Lippen entrang sich ein erlösendes Ausatmen.

Esdeale war herangetreten und nahm das unterzeichnete Schriftstück, das er in seine Tasche steckte.

„So sind wir beide gebunden.“

Sontheimer nickte nur.

Er wandte dann Frank Esdeale den Rücken zu und konnte deshalb nicht wahrnehmen, mit welch haßerfüllten Blicken ihn dieser ansah, als er ihn fragte:

„Und Robert Willig?“

Sontheimer schrak zusammen wie in einem furchtbaren Traum; seine Hand glitt über die hohe Stirn, als könnte er so das Bild verscheuchen, das ihn wohl geschreckt haben mochte.

„Ich weiß nichts von ihm. Ich will nichts wissen.

„Dann gibt es nichts mehr zu besprechen. Gute Nacht."

Frank Esdeale ging hinaus, hoch aufgerichtet wie im Bewußtsein seiner Macht, wie ein Sieger.

Sontheimer aber stützte seinen Kopf schwer auf beide Hände und blieb in Sinnen versunken.

Dabei hatte er nicht bemerkt, daß er nicht mehr allein war. In der Dunkelheit des Herrenzimmers leuchtete ein helles Kleid und hellblonde, fast weiße Haare. Ein junges Weib mußte es sein, denn die Gestalt war schlank und geschmeidig, jede Bewegung jugendlich und kraftvoll.

Eine weiche Hand legte sich auf die Schulter Hans Sontheimers, der den Kopf noch immer auf beide Hände gestützt hatte. Dieser blickte zurück und fragte mit weicher Stimme, da er die Gestalt erkannt hatte:

„Du bist es, Erna? Was führt Dich hierher?"

„Die Sorge, Väterchen. Du sollst nicht so lange arbeiten. Glaubst Du, ich habe nicht bemerkt, daß Deine Stirne Kummerfalten aufweist. Ich habe gestern ein graues Haar in Deinem Bart gefunden. Ich weiß, Du hast schwere Sorgen."

„Denke nicht daran, Erna! Ich weiß nichts von Sorgen."

Und er lachte, aber sein Lachen klang gequält, gezwungen, es klang wie das Lachen der Verbitterung.

„Das war nicht Dein frohes, sorgloses Lachen, Väterchen. Du kannst mich nicht täuschen!"

„Ich will Dich nicht täuschen. Ich habe auch nicht mehr gearbeitet. Das wirst Du mir wohl glauben müssen, denn in dieser Dunkelheit konnte ich nichts mehr schaffen."

Erna beugte sich zu ihrem Vater nieder, bis ihre Wange die seine berührte, und sagte dann mit ihrer glockenhellen Stimme:

„Du hast Dich gesorgt. Du warst in Nachsinnen verloren."

„Aber Kind! Geschlafen habe ich, nichts als geschlafen!"

Und wieder lachte er hart und gezwungen.

Noch schmeichelnder redete sie auf ihn ein, während ihre Hand sein Haar streichelte:

„Ich weiß es doch!"

„Nichts! Du kannst nichts wissen!" fuhr Sontheimer wider Willen erregt auf.

„Du hast Dich verraten! Sage mir, Väterchen, was Dir Sorgen macht! Ich möchte Dir ja helfen, so gerne helfen, wenn ich es nur kann."

„Es ist nichts! Wirklich nichts! Sprechen wir von anderem, von etwas, das Dir Freude machen könnte. Sage mir, was Dir am liebsten ist!"

„Du, Väterchen!"

„Schmeichelkatze!"

„Oh!"

„Ich kenne Dich! Sicherlich hat Dich nur ein Wunsch hergetrieben."

„Ganz gewiß nicht."

„Wirklich? Wenn ich nun aber sage, Du darfst Deinen Wunsch verraten, denn ich werde ihn Dir erfüllen!"

„Das sagst Du doch nur."

Dabei beugte sie sich zurück, als fürchtete sie, es könnte sie eine heiße, brennende Röte verraten, die in ihr Gesicht aufgestiegen war.

„Ich verspreche es."

„Ganz gewiß?"

Hans Sontheimer nickte. Welchen Wunsch hätte er seinem einzigen Kinde versagen können?

Noch zögerte sie; dann flüsterte sie schüchtern und kaum hörbar:

„Er liebt mich."

„Er?" fragte Hans Sontheimer erstaunt. „Er? Ich kenne diesen „Er" ja nicht! Er liebt Dich! Du ihn also nicht?"

„Ja, Väterchen. Mehr als – ich sagen kann."

In der Dunkelheit konnte sie sein Gesicht nicht sehen, aber der Ton seiner Stimme verriet ihr, daß seine Stimme umwölkt war.

„Du hast nie davon gesprochen. Fast könnte es mir scheinen, als scherzest Du bloß."

„Väterchen! Die Liebe hatte sich in mein Herz geschlichen, ehe ich etwas merkte; sie war in mir, ehe ich daran dachte. Väterchen, hast Du nicht auch das tote Mütterchen einmal geliebt? Und so liebe ich jetzt."

Ein banges Schweigen lag im Raum. Nur die Standuhr in der Zimmerecke tickte ihr gleichmäßiges, dumpfes Ticktack.

Dann stand Hans Sontheimer auf und blickte auf sein blondlockiges Kind.

„Wer ist es?"

Nur ganz leise wagte sie den Namen auszusprechen:

„Robert Willig."

Die Dunkelheit ließ die erschütternde Wirkung nicht erkennen, die dieser Name auf Hans Sontheimer bewirkt hatte. Dieser war erregt zurückgetreten und mußte erst nach Worten ringen, um sich nicht zu verraten.

„Willig! Dieser! Robert Willig!"

„Väterchen!" kam es flehend von ihren Lippen. „Du kannst nicht so grausam sein. Ich liebe ihn so sehr, ich kann nicht ohne ihn leben."

„Man stirbt nicht so leicht. Was Du willst, werde ich Dir geben, aber fordere das nicht! Das nicht! Ich weiß, warum ich das verweigern muß. Es kann nicht sein! Und ich darf es Dir nicht sagen."

Mit leisen Schritten war ein Diener in das Herrenzimmer getreten; seine Gestalt war in der Dunkelheit kaum zu sehen, nur seine Stimme meldete in kalten Worten:

„Ein Herr wünscht in dringender Sache vorgelassen zu werden."

„Ich bin nicht zu sprechen!" war Sontheimers Antwort, der über eine solche Störung ärgerlich war, denn er war nicht in der Stimmung, irgend jemanden zu empfangen.

„Der Herr läßt sich nicht abweisen!"

„Weshalb nicht! Hat er keinen Namen genannt?"

„Kommissar Steinherz!"

Einen flüchtigen Augenblick war es still.

Dann reckte sich Hans Sontheimer und befahl dem Diener mit ruhiger, fester Stimme:

„Ich lasse den Herrn bitten!"

„Zu Befehl!"

So geräuschlos wie der Diener gekommen war, war er wieder aus dem Zimmer hinausgehuscht.

Hans Sontheimer wandte sich an seine Tochter.

„Es kann nicht geschehen! Niemals! Vielleicht kann ich Dir einmal sagen, aus welchen Gründen. Nun laß mich allein!"

„Väterchen?"

Aber er blieb stumm.

Mit tiefer Hoffnungslosigkeit in ihrem Herzen, denn sie kannte den starren Sinn des Vaters, verließ Erna Sontheimer das Zimmer.

„Kommissar Steinherz!“ murmelte dieser kaum hörbar, als er sich allein wußte. „Was führt diesen hierher? Sollte es – – nein, nein! Das kann es nicht sein!“

Seine Hand drehte das elektrische Licht auf, das den Raum fast taghell beleuchtete.

Kommissar Steinherz stand im nächsten Augenblick Hans Sontheimer gegenüber. Das grelle Licht der Glühbirnen fiel in ihrem ganzen Leuchten auf das ausdrucksvolle Gesicht Sontheimers mit dem bis auf die Brust reichenden Vollbart.

Trügte das Licht oder war es Wirklichkeit? Das Gesicht Sontheimers war totenblaß, als wäre jeder Tropfen Blut daraus entwichen.

War das die Wirkung des Lichts allein?

„Wollen Sie gefälligst Platz nehmen!“

Kommissar Steinherz machte Gebrauch von dieser höflichen Aufforderung und während sein Auge auf dem Gesicht Sontheimers ruhte, mußte er immerfort an den Mann im Vollbart denken, der auf dem Bilde das Beil über seinem Opfer geschwungen hatte.

Hans Sontheimer war der Besitzer der einsamen Villa an der Glonn!

„Welche Angelegenheit führt Sie zu mir?“

Der Kommissar war noch nicht ganz Herr über sich. Er suchte nach Worten, denn die Ähnlichkeit von Hans Sontheimer mit dem Mann auf der Photographie hatte alle Mutmaßungen des Kommissars umgeworfen. Wie sollte er beginnen?

„Sie besitzen doch bei Auhof an der Glonn eine Villa?“

„Gewiß, aber das Haus wird nur kurze Zeit im Jahre bewohnt.“

„Wann waren Sie zuletzt dort?“

„Im Frühjahre!“

Trotzdem der Kommissar keinen Blick von dem Gesicht Sontheimers wandte, konnte er darin keinerlei verräterische Blicke entdecken. Die

Antworten erfolgten in sachlicher Ruhe. Sein Gesicht nahm auch wieder eine lebhaftere Färbung an.

„Ich komme eben von der Villa her."

„So?"

Die gleichgültige Antwort verriet, daß Hans Sontheimer für diese Mitteilung nicht das geringste Interesse hegte. Oder gab es eine solche Verstellungskunst?

„Ich bin sogar in die Villa selbst eingedrungen."

„Aus welchem Grunde?"

Erstaunen prägte sich im Gesicht Sontheimers aus; aber keine Bestürzung!

„Ich war im Bibliothekzimmer."

„So!" Dies schien für ihn von wenigstem Interesse. „Sie sagten mir aber noch immer nicht, was Sie dazu veranlaßte, in die Villa einzudringen."

Jetzt mußte sich der Kommissar entscheiden, die eigentliche Veranlassung anzugeben.

„Es bestand die dringende Vermutung, daß in Ihrer Villa ein Mord verübt wurde."

„Nicht möglich!"

Die Überraschung und Entrüstung konnte nicht geheuchelt sein.

Der Kommissar nickte.

„Und doch! Die Veranlassung zu einem solchen Verdachte war von so entscheidender Bedeutung, daß ich nicht zweifeln konnte."

„Aber es hat sich hoffentlich nicht bestätigt," antwortete Sontheimer, der an diese Möglichkeit nicht glauben konnte.

„Es wurde keine Leiche vorgefunden."

„Das dachte ich mir! Zu der Villa habe nur ich die Schlüssel. Es konnte doch niemand hineingelangen."

„Wissen Sie bestimmt, daß nur Sie die Schlüssel besitzen?“

„Ja! Ihre Frage ist mir etwas unverständlich. Sollten Sie vielleicht noch Zweifel hegen?“

„Es steht ohne jeden Zweifel fest, daß diesen Morgen zwei Männer in der Villa und zwar im Bibliothekzimmer waren.“

„Dann können diese nur mit Gewalt eingebrochen sein!“ rief Sontheimer sofort, während er von dem Stuhle aufsprang, auf dem er Platz genommen hatte.

„Die Türe zur Villa fand ich noch versperrt vor. Das Schloß wies keinerlei Verletzung von einem gewaltsamen Einbruch auf.“

„Das gibt es nicht! Nur ich besitze die Schlüssel. Hier sind sie!“

Hans Sontheimer riß das oberste Fach seines Schreibtisches auf, aus dem er zwei Schlüssel herausnahm, die er dem Kommissar vorwies.

„Es ändert dies nichts an der Tatsache.“

„Was aber sollten die zwei Männer in der Villa getan haben?“ fuhr Sontheimer auf. „Mich bestohlen? Oder was sonst?“

Der Kommissar beantwortete diese Fragen gar nicht.

„Im Bibliothekzimmer lag doch ein Teppich?“

„Natürlich! In jedem Zimmer!“

„Also auch im Herrenzimmer?“

„Selbstverständlich.“

„Der Teppich im Herrenzimmer war ein Smyrnateppich mit gelbroten Ornamenten, blauen, roten und grünen Verzierungen und gleichfarbigen Fransen?“

„Stimmt!“

„Dieser Teppich liegt jetzt im Bibliothekzimmer.“

Einen Augenblick schwieg Sontheimer; er wußte offenbar nicht, was er darauf antworten sollte. Dann aber erklärte er:

„Ich kann mir das nicht vorstellen. Was ich sagte, ist richtig! Wenn auch Ihre Nachrichten der Wahrheit entsprechen, so kann ich mir daraus eben keinen Vers machen. Wo ist denn der Teppich von der Bibliothek?“

„Nirgends zu finden.“

„Und im Herrenzimmer?“

„Dort liegt kein Teppich mehr.“

„Dann wird der vom Bibliothekzimmer gestohlen worden sein.“

„Und der Dieb hatte den Teppich vom Herrenzimmer in die Bibliothek hinübergeschafft. Glauben Sie an einen solchen Diebstahl?“

„Nein! Der Teppich im Bibliothekzimmer war nur wenig wert; der andere aber ist ein echter Smyrnateppich, der Dieb hätte also diesen stehlen müssen.“

„Wie erklären Sie sich dann diese Tatsachen?“

„Ich kann mir nichts denken.“

„Es steht fest, daß in der Bibliothek ein Verbrechen begangen wurde. Die Leiche ist aber fortgeschafft und die Spuren der Tat sind beseitigt worden. Der Boden wurde gescheuert, der Teppich aber, der das Blut des Opfers aufgesaugt hatte, ist aus der Villa ebenso wie die Leiche verschwunden.“

Mit starren Augen blickte Sontheimer auf den Kommissar. Diese Worte klangen für ihn so ungeheuerlich, daß er nicht daran glauben konnte.

„Das – das kann ich nicht – begreifen.“

Der Kommissar griff in seine Tasche und reichte Hans Sontheimer die photographische Aufnahme hin, die Michael Gebhart gemacht hatte.

Mit verständnislosem Kopfschütteln nahm Sontheimer das Bild und sah es flüchtig an.

„Das ist meine Villa! Aber“ – er sah genauer hin, „es steht das eine Fenster offen. Und es wurden doch bestimmt alle geschlossen.“

Da sah er die Szene im Fenster! Die Pupillen seiner Augen erweiterten sich. Hastig trat er unter den unter seinen mächtigen Schritten klirrenden Lüster und besah in dieser grellen Lichtflut das Bild. Stürmisch wogte dabei seine Brust, seine Lippen suchten nach Worten, aber kein Laut wurde hörbar. Es war nur ein heiseres Röcheln.

Die Augen des Kommissars waren ihm gefolgt.

„Der Zufall hat sein Spiel getrieben. Eine Momentaufnahme hat die Mordtat gebannt. Der Photographenapparat ist ein stummer, aber desto bedeutsamerer Zeuge geworden."

Hatte Hans Sontheimer diese Worte gehört?

Ein heiseres, schrilles Lachen gellte im Zimmer.

„Haha!" Er schlug sich mit der Hand vor die Stirn. „Das – das – könnte fast – – mein Bild sein! Deshalb – deshalb haben Sie wohl – – den Weg – – Weg – – zu mir gefunden?"

Stoßweise nur kamen die Worte über seine Lippen. Dabei keuchte sein Atem wie das Röcheln eines Sterbenden. Auf seiner Stirn aber standen kalte Schweißtropfen.

„Der Bart läßt eine sehr große Ähnlichkeit erkennen. Sonst aber ist doch die Entfernung eine zu große gewesen."

„Sie verheimlichen mir noch etwas!"

„Ganz gewiß nicht!"

Eine unerklärliche Aufregung war über Hans Sontheimer gekommen; er zitterte am ganzen Körper, und seine Finger hatten sich zur Faust geballt.

„Sie sind gekommen, mich zu verhaften! Deshalb zeigten Sie mir das Bild! Aber ich bin das nicht gewesen! Ich nicht! Das Bild lügt."

„Diese merkwürdige Ähnlichkeit –"

Sontheimer ließ den Kommissar nicht aussprechen.

„Nichts! Nichts! Ich! weiß von nichts!"

„Sie können sich ja sehr gut rechtfertigen. Sie brauchen nur anzugeben, wo Sie zur Zeit der Mordtat gewesen sind.“

„Natürlich! Nur das, sonst nichts! Wo war ich denn? Wo?!“

Er hastete wie ein Ruheloser auf und nieder. Während sich Sontheimer so ruhig und klar gezeigt hatte, daß der Kommissar auch nicht den leisesten Zweifel hatte hegen können, benahm er sich jetzt in einer um so auffälligeren Weise. Seine Augen leuchteten brennend und heiß und irrten bald dahin, bald dorthin. Die geballten Fäuste öffneten sich und schlossen sich wieder.

„Die Tat ist diesen Morgen gegen zehn Uhr geschehen! Wo waren Sie um diese Zeit? Wenn Sie diese Frage beantwortet haben, kann kein Verdacht mehr gegen Sie bestehen!“

„Um zehn Uhr heute morgen! Um – hahaha! – Ich weiß es nicht! Ich kann es nicht sagen, wo ich gewesen bin.“

Wie er jetzt vor dem Kommissar stand, da war er furchtbar anzusehen. Sein Gesicht hatte sich qualvoll verzerrt, wobei er in ein irres Lachen ausbrach.

„Aber das müssen Sie doch noch wissen, diesen Vormittag um zehn Uhr.“

Eine plötzliche Verwandlung folgte. Hans Sontheimer war ruhig geworden; aber es war die erschlaffende Ruhe nach einem Sturm. Er glich in diesem Augenblick einem lebensmüden Greise und nicht dem kraftvollen Manne, der er war.

Ein tiefer Ernst lag auf seinem Gesicht.

„Ich kann es nicht sagen, wo ich gewesen bin.“

„Aber! Ich kann ja noch keine Anklage wider Sie erheben, aber Sie werden deshalb doch gefragt werden, wo Sie zur Stunde der Tat gewesen waren. Darüber müssen Sie Antwort geben, wenn Sie nicht Ihr eigener Ankläger werden wollen.“

„Und wenn ich mich damit selbst auf das Schafott brächte, ich kann es nicht sagen."

„Sie wissen auch nichts, was in der Villa geschehen ist?"

„Nein!"

„Und beharren Sie auf Ihrem Schweigen?"

„Ich muß!"

Es war schon späte Nacht, als Kommissar Steinherz in seine Wohnung zurückkehrte. Die Straßen der Stadt wiesen schon das Nachtleben auf.

Hoch oben wölbte sich ein wolkenloser Himmel, auf dem die Tausende Sterne und Sternbilder leuchteten und funkelten. Die Straßen aber waren erhellt durch die elektrischen Bogenlampen.

Der Kommissar ging an all den charakteristischen Typen des Großstadtlebens vorüber: Die Nachtbummler, die Liebesabenteuer suchen, die Dirnen mit den geschminkten Wangen und Lippen und den herausfordernden Augen, Trunkene, Geschäftsleute, die eilends ihr Heim suchten.

An allen kam der Kommissar vorüber und er sah doch nichts von allem.

Seine Gedanken weilten bei dem vergangenen Tage. Was hatte er erreicht?

Ein Mord war geschehen! Die Beweispunkte, die er gesammelt hatte, waren genügend. Wer aber war das Opfer? Wo die Leiche?

Ungelöst waren diese Fragen. Brachte der nächste Tag darüber eine Lösung? Wer konnte das wissen?

Und der Mörder?

Ein Mann mit einem Vollbarte!

Hans Sontheimer?

Sein Benehmen war erst so ruhig! Er hatte nichts wissen können! Dann aber?

So seltsam war die plötzliche Umwandlung! Er sagte es nicht, wo er zur Stunde der Mordtat war. Er verweigerte gerade darüber jede Auskunft! Damit aber beschuldigte er sich selbst. Weshalb?

Geheimnisse über Geheimnisse!

Was aber sollte der Kommissar beginnen?

Selbst im Bette träumte er noch von den Ereignissen dieses Tages; er sah Hans Sontheimer aus dem offenen Fenster herausspringen, während er die Leiche an den Haaren hinter sich nachzerrte.

Unglückliche Liebe – Der Staatsanwalt

Einen solchen Schrecken hatte Erna Sontheimer nie in ihrem Leben empfunden.

Sie hatte diese Nacht von Robert Willig geträumt, den sie nicht lieben durfte und dem sie mit all der Liebe zugetan war, deren ein junges Herz fähig ist. Was hatte Erna Sontheimer von Liebe gewußt? Ihr Leben war ein herrlicher Sommertag gewesen. Die Mutter hatte sie nie gekannt, denn diese war kurze Zeit nach ihrer Geburt gestorben. So war Erna von einem Vater verwöhnt worden, der in seinem Kinde das Kind und die tote Mutter zugleich liebte.

In ihren späteren Jahren hatte Erna Sontheimer wohl öfters das große Gemälde studiert, das im Salon stand und das ihre Mutter darstellte. Ein großer Künstler hatte sie gemalt.

Dabei hatte Erna bald diese und bald jene Ähnlichkeit mit der toten Mutter herausgefunden; und je älter sie wurde, umsomehr glich sie dem Bilde.

Es war wohl selbstverständlich, daß Erna mit aller Liebe dem Vater zugetan war, der ihr stets jeden Wunsch erfüllt hatte, den er ihr von den Augen hatte ablesen können.

Dann aber war eine andere Person in ihr Leben getreten.

Robert Willig!

Sie konnte sich noch genau erinnern, wo und wann sie ihn zum ersten Male gesehen hatte. Noch war seitdem kein Jahr vergangen! Er war aus Hamburg gekommen, wo er der einzige Erbe einer der größten Exportfirmen war. Sein Vater hatte ihn zu der Firma Sontheimer-Esdeale gewiesen, mit der er selbst seit Jahren in Geschäftsverbindung gestanden hatte. Sie war damals – noch ein echter Backfisch mit all seinen Ungezogenheiten und Liebenswürdigkeiten – in den Salon gestürmt und schrie dabei: Papachen, Papachen, ich habe eben einen richtigen Frosch gefangen. Da war sie mit einem Unbekannten zusammengerannt, dem sie dabei tüchtig auf die Füße getreten war. Erna Sontheimer mußte heute noch lachen, mit welcher dämlichen Miene er vor ihr stand und dabei mit rotübergossenem Gesicht stammelte: „Robert Willig, Vertreter der Firma E. Willig, Hamburg."

So hatten sie sich kennen gelernt.

Robert Willig war ein Freund ihres Vaters geworden. So mußte sie glauben!

Und nun hatte sie diesen vermeintlichen Freund ihres Vaters auch über alle Maßen lieb gewonnen.

Aber sie durfte nicht! Der Vater hatte es verboten! Gewiß nicht aus Laune! Nein, das wußte sie bestimmt. Aber weshalb? Weshalb? Immerfort quälte sie diese Frage.

Sie mußte es wissen!

Deshalb hatte sie den Vater in seinem Frühstückszimmer aufgesucht, um ihn danach zu fragen, um ihn zu bitten, daß er Mitleid mit ihr haben möchte.

Aber als sie dem Vater gegenüberstand, da hatte sie ein jäher Schrecken gepackt, so sehr, wie noch nie in ihrem Leben.

Haar und Bart ihres Vaters waren weiß wie Schnee, als wären die Schneeflocken eines frühen Winters auf sein Haupt gefallen.

„Vater!“ schrie sie laut auf.

Ein müdes Lächeln flog über sein Gesicht.

„Du bist erschreckt, mein Kind! Hast Du nach einem wundervollen Herbstabend nicht schon am nächsten Morgen Schnee gesehen?“

„Vater! Du bist ja –“

„Alt geworden!“ unterbrach sie Hans Sontheimer. „Über Nacht zum Greise geworden!“

„Du bist ja noch jung, Väterchen.“

„Mein liebes Kind, es sind nicht die Jahre, die den Menschen alt machen. Aber sorge Dich nicht! Ist Dein Väterchen häßlicher geworden, weil sein Haar weiß wurde?“

„Nein! Ganz gewiß nicht! Ich habe Dich immer noch so lieb.“

Da kauerte sie zu seinen Füßen nieder, während seine müde Hand über ihre Locken hinwegglitt.

„Mein gutes Kind!“

Still war es, und nur das Ticken der Uhr war zu hören.

Der Vogel aber in dem prachtvollen Bauer, der an dem offenstehenden Fenster hing, sang ein schwermütiges Lied.

„Väterchen!“

„Was willst Du?“

„Wirst Du mir auch nicht zürnen?“

„Nein!“

„Und nicht böse sein?“

Die Stirne Hans Sontheimers furchte sich; die klaren Augen umflorten sich und in seiner Stimme hallte ein unmerkliches Zittern nach.

„Ich weiß, was Du willst! Ich lese es in Deinem Gesicht. Mädchen können sich nie verstellen."

Sie senkte den Kopf, blutübergossen.

„Was antwortest Du mir?"

„Was ich gestern sagte."

„Weshalb! Vater, weshalb! Mir tut das Herz so weh! Und wenn ich Dich so sprechen höre, dann ist es mir, als lastete ein Zentnergewicht auf mir, das mir das Herz zusammenpreßt, daß ich nicht mehr zu atmen vermag."

Hastig hatte sie diese Worte ausgestoßen und hielt dabei flehentlich die Hand des Vaters umklammert.

Die Lippen Hans Sontheimers waren fest aufeinander gepreßt.

So sah er sein Kind wehklagen! Er hätte diesem helfen mögen, aber er durfte nicht. Und er durfte nicht sagen, aus welchen Gründen.

„Väterchen! Denk an die Mutter! Du hast sie geliebt. Du liebst sie immer noch. Um der Mutter willen."

Da sprang Hans Sontheimer auf.

„Kind, Du weißt nicht, was Du sprichst. Du weißt nicht, was Du forderst. Deine Mutter! Ich darf es Dir nicht sagen. Ich darf es nicht, um Deiner Mutter willen, die Du liebst!"

Mit beiden Händen bedeckte er sein Gesicht.

„Um der Mutter willen darfst Du es mir nicht sagen?" wiederholte Erna Sontheimer mit tonloser Stimme.

Wortlos nickte der Mann im Greisenhaar.

„Was soll ich ihm dann sagen?"

„Daß es besser wäre, Ihr hättet Euch nie gesehen. Nein, nein! Nichts sollst Du ihm sagen, denn er wird nie wieder zu Dir kommen und Dich nie wieder fragen."

Wie eine Blume, die in ihrer vollsten Blüte der Nachtfrost schüttelte, die ein Sturmwind knickte, so schlich Erna Sontheimer davon. Sie konnte dem Vater nicht mehr in das Antlitz sehen.

Es war, als hätte eine kalte, eisige Hand nach ihrem Herzen gegriffen.

Und das schmerzte, das tat so weh!

Ihre junge Liebe sollte sie begraben.

Es war ein schlechter Tag für Kommissar Steinherz. Zunächst hatte er dem Staatsanwalt einen ausführlichen Bericht erstattet und alle Beobachtungen und die sich daraus ergebenden Schlußfolgerungen dargelegt. Dann hatte er die Photographie als den bedeutsamsten und schwerwiegendsten Zeugen den Aktenstücken beigelegt und alles selbst zu dem zuständigen Staatsanwalte getragen.

Dort wollte er über die weiteren Verfügungen und Anordnungen mit dem Staatsanwalte selbst sprechen.

Wadricza war ein noch junger Beamter; er hatte das Staatsexamen glänzend bestanden, hatte Protektionen und es war für ihn das Amt eines Staatsanwalts nur ein Durchgangsposten, denn nicht zu Unrecht sprachen alle seine Kollegen davon, sein Platz wäre einmal im Ministerium.

Wadricza war eine elegante Erscheinung, ein liebenswürdiger Gesellschafter, der aber stets wußte, welche Karriere er vor sich hatte. Er ließ dies namentlich den Untergebenen gegenüber fühlen, besonders bei solchen, die ihm an praktischem Können überlegen waren. Der Staatsanwalt war einer der besten Kenner der Gesetze; dies stand aus den vielen juristischen Werken fest, die er trotz seiner jungen Jahre schon hatte erscheinen lassen und die sofort Einführung gefunden hatten.

Ein besonderer Freund von dem Kommissar Steinherz war er nicht, denn der Kommissar hatte einen ebenso starren Sinn wie der Staatsanwalt, weshalb sie schon oftmals zusammengeraten waren.

Aufmerksam hatte der Staatsanwalt alle Aktenstücke durchgelesen, während der Kommissar wartete, was dieser dann anordnen würde.

„Sie haben die zwei Kriminalbeamten mit einer weiteren Suche beauftragt, Sie haben die Türen der Villa aufgesprengt; dazu hätte zunächst der staatsanwaltschaftliche Antrag eingeholt werden müssen, ob die Vorlage einer derartigen Photographie als genügend zu erachten ist, so selbständig vorzugehen."

„Die Polizei hat die Befugnis, selbständig einzugreifen, wenn –"

Hier unterbrach ihn der Staatsanwalt ziemlich schroff:

„Ich weiß! Die Herren Kommissare wissen stets alles besser als die Juristen. Was waren Sie, ehe Sie Kommissar wurden?"

So fragte Staatsanwalt Wadricza stets, obgleich er dies längst wußte.

Aber Kommissar Steinherz hatte für diesen Tag keine Lust, auf solche Reibereien einzugehen:

„Das ist für den anhängigen Fall doch bedeutungslos. Es handelt sich darum, was geschehen soll."

Der Staatsanwalt ärgerte sich über die Abfuhr, die er erhalten hatte; aber er zeigte doch die gleiche Ruhe, als er dann antwortete:

„Sie hätten Hans Sontheimer verhaften müssen, so scheint mir. Das, glaube ich, wäre doch selbstverständlich gewesen."

„Ich denke anders darüber! Es kann diesem vorerst gar nichts bewiesen werden."

„Hans Sontheimer allein hatte die Schlüssel zur Villa; das Schloß wies keine Verletzung auf, man hatte also nur mit den richtigen Schlüsseln eindringen können. Hans Sontheimer verweigert die Auskunft, wo er zur Stunde der Tat gewesen war und mit ihm hat der Mann auf der Photographie Ähnlichkeit. Dazu kommt das sehr auffällige Benehmen."

„Trugschlüsse! Die ersten Aussagen waren so bestimmt gegeben worden, daß daran nicht gezweifelt werden kann. Er hätte damals schon anders aussagen können, ohne sich belasten zu müssen und ohne widerlegt werden zu können. Die Aussage, die er verweigert, kann auch eine andere Deutung finden. Ein wirklicher Verdacht von besonderer Wichtigkeit liegt noch nicht vor."

„Wie Sie denken! Dann werden Sie gewiß auch weiter tun, was Sie für gut finden, ohne mich erst zu fragen."

Es war daher nicht wunderlich, wenn Kommissar Steinherz in wenig fröhlicher Stimmung in dem einsamen Landhause eintraf. Dort fand er die beiden Kriminalbeamten, wie sie mit Spaten und Schaufel im Garten umgruben.

Da wußte der Kommissar, was er wissen wollte.

Nichts war erreicht.

Nochmals nahm er jetzt eine genau Durchsuchung sämtlicher Räume der Villa vor, er suchte nach Fußspuren, in der Villa selbst und im Garten; aber es war nichts mehr zu finden.

Unter seiner Leitung wurde der Wald in der ganzen Umgebung abgesucht, es wurde nach einer frisch zugegrabenen Stelle gesucht, denn die größte Wahrscheinlichkeit sprach dafür, das die Leiche verschleppt und irgendwo begraben worden sein mußte.

Im geheimen ließ er auch nachforschen, wo Hans Sontheimer an dem Vormittag des Mordes gewesen war. Darüber konnte er nur erfahren, Sontheimer habe bereits in frühester Morgenstunde, nach sieben Uhr; die Wohnung verlassen und sei erst in später Nachmittagsstunde wieder zurückgekehrt.

Wo er in den langen Stunden seiner Abwesenheit gewesen war, darüber hatte niemand Auskunft geben können.

Seitdem waren acht Tage vergangen, und Kommissar Steinherz war noch keinen Schritt vorwärts gekommen. In der Zwischenzeit hatte Michael Gebhart noch mehrere Abzüge der photographischen Aufnahme gemacht, eine davon vergrößert; aber dadurch wurde die Gestalt des Mörders nicht deutlicher.

Als schon zehn Tage verflossen waren, da wurde Kommissar Steinherz vor den Staatsanwalt Wadricza gerufen; dieser konnte sich die Veranlassung an den Fingern abrechnen.

Seine Vermutung fand er denn auch bestätigt.

„Ihr Auftreten mir gegenüber hat mich veranlaßt, Ihnen die selbständige Leitung des geheimnisvollen Verbrechens in dem einsamen Landhause zu überlassen. Es sind jetzt zehn Tage vorüber, Zeit genug, eine Lösung herbeizuführen. Haben Sie den Mörder schon gefunden?"

Wadricza fragte danach, obgleich er die Antwort wissen mußte.

„Nein! Das war unmöglich!"

„So!" Der Staatsanwalt tat sehr erstaunt und verwundert. „Aber die Leiche haben Sie doch entdeckt?"

„Nein!"

„Auch nicht? Das ist aber sehr sonderbar. Was haben Sie überhaupt erreicht?"

Der Kommissar mußte den Spott fühlen, der in dieser Frage lag, aber er konnte sich doch noch beherrschen. So demütigend für ihn auch die Antwort war, er konnte nicht schweigen.

„Nichts!"

„Also gar nichts! Und ich hatte so sicher auf Ihr Können gerechnet."

Dabei sah ihn der Staatsanwalt etwas höhnisch lächelnd durch die scharfen Brillengläser an.

„Ich denke, es wird Ihnen nach diesen Mißerfolgen – anders kann man es doch nicht nennen – gerade angenehm sein, wenn ich diesen Fall einem anderen Herrn zur Weiterführung überlasse. Damit wird Ihnen nur eine wenig erfreuliche Arbeit abgenommen. Leiten Sie den Fall an den Kommissar Fraundorfer weiter, den ich schon über die Angelegenheit informiert habe."

Fraundorfer aber war der gehässigste Gegner des Kommissars Steinherz. Das hatte der Staatsanwalt gewußt und deshalb die Anordnung getroffen. So hatte er sich einmal an dem Kommissar Steinherz rächen können.

Mit bleichem Gesicht hatte der Kommissar das Bureau des Staatsanwalts verlassen und am gleichen Tage noch hatte er um seine Entlassung aus den Staatsdiensten nachgesucht.

Der Privatdetektiv

Abermals waren vierzehn Tage vergangen.

Den Fall „Mord an einem Unbekannten in der Villa Sontheimer“ hatte zwar Kommissar Fraundorfer übernommen, dieser aber war ebensowenig weitergekommen wie der ehemalige Kommissar Steinherz.

Steinherz war nach jener für ihn so verhängnisvoll gewordenen Unterredung mit dem Staatsanwalt Wadricza bei Michael Gebhart erschienen und hatte diesem gegenüber sein Leid geklagt.

Gebhardt hatte bisher mit größter Aufmerksamkeit den Fall verfolgt, zu dem er das erste Material geschaffen hatte. Er machte daher dem ehemaligen Kommissar sofort den Vorschlag, auf seine Verantwortung den Fall weiterzuführen.

Um das möglich zu machen, begründeten die beiden ein Privatdetektivinstitut, wofür Gebhart das Geld und Steinherz sein Können einsetzte.

Der Name des ehemaligen Kommissars hatte sofort die entsprechende Wirkung. In der ganzen Stadt war er als einer der tüchtigsten Kriminalisten bekannt gewesen, sodaß das neu begründete Institut bald mit Aufträgen überhäuft war. Es mußten nicht nur tüchtige Hilfskräfte geworben werden, sondern Michael Gebhart selbst mußte mit tätig sein. Obgleich er eine Arbeit nicht nötig hatte, so fand er an dieser

Beschäftigung, die so verschiedenerlei Abenteuer mit sich brachte, sehr bald Gefallen und war bald ebenso eifrig tätig wie Steinherz selbst.

In der nur spärlich bemessenen freien Zeit, die ihnen blieb, beschäftigte beide nur das gleiche noch immer ungelöste Problem: Der Mord in der einsamen Villa.

Über die eigentlichen Vorkommnisse war nichts in die Öffentlichkeit gelangt.

Die Zeitungen hatten nie etwas darüber berichtet.

Wieder einmal saßen Gebhart und Steinherz in ihrem neu eingerichteten Bureau, als einer der im Vorzimmer beschäftigten Schreiber eine Karte hereinbrachte.

„Diese Dame wünscht in diskreter Angelegenheit vorgelassen zu werden."

Der Schreiber war schon wieder hinausgegangen, da las Steinherz erst den Namen auf der Visitenkarte.

„Erna Sontheimer."

Und beide blickten auf und sahen sich an; beide hatten sich gleichzeitig verstanden.

Sollte ihnen der Zufall den weiteren Faden des geheimnisvollen Falles spinnen? Sollte diese Dame das Rätsel entwirren?

Erna Sontheimer war im Bureau erschienen.

Als Steinherz sie nach ihren Wünschen fragte, da gab sie ihm zur Antwort:

„Darf ich auch sicher sein, daß die Angelegenheit als eine sehr diskrete behandelt wird?"

„Aus diesen vier Wänden wird nichts hinausgetragen. Diskretion ist unser Beruf. Womit können wir Ihnen dienen?"

„Ich weiß nicht, wie ich beginnen soll."

Erna Sontheimer schien sichtlich verlegen.

Steinherz war Menschenkenner genug, um dies deuten zu können.

„Es handelt sich also um einen Herrn."

„Allerdings."

„Wie ist sein Name?"

„Robert Willig."

„So! Was ist mit diesem?"

„Er war etwa vor Jahresfrist zu uns gekommen, von seinem Vater in Hamburg geschickt. Er verkehrte fast täglich bei uns – und –"

Wiederum stockte der Redefluß von Erna Sontheimer; aber auch hier fand Steinherz die Fortsetzung:

„Er hat sich mit Ihnen verlobt."

Sie nickte, während sie mit jäher Röte übergossen dastand.

Da hatte Michael Gebhart Mitleid mit dem hübschen Ding, von dem er die Augen nicht abwandte.

„Sie sollten die Dame etwas liebenswürdiger behandeln, Steinherz. Sie haben eine so grausame Art, jemanden seelisch zu verwunden."

Während Steinherz nur spöttisch lächelte, wurde Gebhart mit einem warmen Blick aus den Augen des schönen Mädchens belohnt.

„Mein liebes Fräulein!" erklärte dann der ehemalige Kommissar, „wir wollen Ihnen helfen. Wie der Arzt, wenn er retten soll, die ganze Krankheitsgeschichte wissen muß, so müssen auch wir in alle Einzelheiten eingeweiht sein. Erzählen Sie also weiter!"

Mit einem nochmaligen Blick auf Michael Gebhart, der nun diesen rosiger färbte, als er für gewöhnlich war, fuhr Erna Sontheimer in ihrem Berichte fort:

„Ja! Ich war mit ihm verlobt. Aber heimlich nur! Der Vater hatte zunächst nichts davon gewußt. Als ich dessen Einverständnis erbat, da hat er es verweigert."

„Was für Gründe hatte er dafür angegeben?“

„Keine. Er dürfe diese nicht angeben.“

„Weshalb nicht?“

„Er hatte gesagt, um meiner Mutter willen nicht. Ich konnte das nicht begreifen.“

„Was war dann?“

„Robert Willig ist seitdem verschwunden.“

„Dann wird ihn Ihr Vater von seinem Entschluß verständigt haben und Robert Willig wird abgereist sein!“

„Aber er hat kein Lebenszeichen mehr gegeben. Der Vater sagte, er habe mit ihm nicht mehr darüber gesprochen. Die Hauswirtin von Robert Willig hatte auf mein Befragen erklärt, er habe am Morgen des 22. Juni seine Wohnung verlassen, kein Gepäck mit sich genommen und sei nicht mehr zurückgekehrt.“

„Wann war das?“

„Am 22. Juni.“

„So! Und wann hatten Sie diese Unterredung mit Ihrem Vater?“

„Am Abend des 22. Juni und am Morgen des nächsten Tages.“

„Wußte Ihr Verlobter davon, daß die Villa an der Glonn bei Auhof Besitz Ihres Vaters ist?“

„Ja! Er war mit uns dort im Frühjahr.“

„Wird die Villa nicht mehr bewohnt?“

„Seit Ende April nicht mehr.“

„Was sollen wir tun?“

„Nur ihn suchen.“

„Und dann?“

„Nichts weiter! Ich möchte nur wissen, ob er noch lebt, denn mich quält um ihn eine Todesangst."

„Weshalb? Haben Sie dafür irgend welchen Anlaß?" fragte Steinherz weiter.

„Nein," kam es zögernd über die Lippen Erna Sontheimers. „Mir träumte nur so schrecklich davon."

„Was?"

„Ich sah ihn mit blutigem Kopfe am Boden liegen. Das war so gräßlich."

„Sie haben aber keinerlei Vermutung, wohin sich dieser Robert Willig am Morgen des 22. Juni gewendet haben mochte?"

„Nein."

Mehr war nicht zu erfahren; mit einer kurzen Verbeugung gegen Steinherz, mit einer tieferen aber, wobei ihre Augen ganz bedenklich leuchteten, sodaß daran ein Herz sehr leicht Feuer fangen konnte, gegen Michael Gebhart, hatte sich Erna Sontheimer wieder entfernt. Während nun Steinherz über diese neuerliche Wendung nachdachte, folgten die Gedanken von Michael Gebhart nur dem hübschen, schlanken Mädchen mit ihren verführerischen, gefährlichen Augen.

„Am 22. Juni morgens hatte jener Robert Willig seine Wohnung verlassen und war seitdem nicht mehr zurückgekommen. Am 22. Juni gegen zehn Uhr war der Mord verübt worden."

„Ein herrliches Kind! Wie konnten Sie mit diesem nicht schonender vorgehen?"

„Sie sah ihn in ihren Träumen mit blutigem Kopfe."

„Ihre Augen verrieten soviel Zärtlichkeit. Und ihre Hände waren so fein und schlank."

„Das ist der Faden, den ich weiterziehen muß. Den muß ich spinnen, bis ich das Ziel vor mir habe."

„Ihre Schritte waren so leicht, als schwebte sie auf Flügeln dahin."

So sprach jeder von den zweien seine eigenen Gedanken aus; dabei schien keiner die Worte des anderen zu hören. Erst als der Schreiber einen Eilbrief überbrachte, da kam über beide die Ernüchterung; während aber Michael Gebhart eine peinliche Verlegenheit zeigte, wies das Gesicht Steinherz' die unerschütterliche Ruhe wie immer, wenn er sich vor einer gewichtigen Entscheidung wußte. Hastig brach er den Brief auf.

Und ohne ein Wort der Einleitung, ohne jede weitere Bemerkung las er den Brief mit lauter Stimme vor, wobei er Punkte, die für ihn von Wichtigkeit schienen, mit gehobener Stimme betonte.

Mein Sohn weilt seit einem Jahre bei meinem dortigen Geschäftsfreunde Hans Sontheimer, in Firma Sontheimer-Esdeale. Er pflegte regelmäßig wöchentlich einen Brief zu senden, worin er über alles genau Bericht erstattete. Der letzte ist vom 17. Juni. Seitdem bin ich ohne jede Nachricht. Alle meine Anfragen blieben unbeantwortet. In seinem letzten Brief hatte er berichtet: „Ich stehe vor einer sehr wichtigen Entscheidung. Für Dich wird es teils von erschütternder, teils von erfreulicher Wirkung sein, für mich bedeutet es einen Kampf, den ich aber gerne auf mich nehme. Soviel für heute. Nächstens, wenn alles vorüber ist, genaue Details." Aus keinem seiner Briefe geht hervor, was er damit meinen könnte. Die Worte sind mir rätselhaft und machen mich begreiflicherweise sehr ängstlich. Forschen Sie danach, da ich schon seit fünf Wochen ohne Mitteilung von ihm bin und depeschieren Sie mir den Erfolg. Kosten Nebensache.

Emil Willig.

„Ein seltsames Zusammentreffen!" waren die ersten Worte Gebharts. „Dieser Robert Willig ist spurlos verschollen."

„Und wissen Sie wo?"

„Wie sollte ich das wissen?"

„In dem einsamen Landhause an der Glonn! Dort wurde er ermordet; aber jetzt werde ich die Leiche finden, da ich weiß, wo ich zu suchen beginnen muß. Und müßte ich wie ein Maulwurf die ganze Welt unterwühlen, ich werde seine Leiche zu finden wissen."

Die gefundene Leiche

Frank Esdeale stand am Fenster.

Seit jener letzten Auseinandersetzung mit Hans Sontheimer hatten die beiden nur mehr die notwendigsten geschäftlichen Anordnungen besprochen. Das war in einer möglichst kurzen Art erledigt worden. Ein aufmerksamer Beobachter aber hätte dabei merken müssen, daß stets getan wurde, was Esdeale vorschlug.

Hans Sontheimer hatte nur den Schein eines freien Willens. Er war ja so müde geworden; nicht nur die Haare waren weiß geworden, er selbst fühlte sich als alter Mann.

Er hatte kaum auf die Vorschläge hingehört, die ihm Frank Esdeale unterbreitet hatte; er sah nur die Schriftzeichen, unter die er seinen Namen setzen sollte. Seine schwere Hand hielt die Feder und seine Augen irrten flüchtig über die Schriftzüge hin.

Mit über der Brust verschränkten Armen sah Frank Esdeale auf seinen Teilhaber.

Feinde waren sie, er aber hatte gesiegt, er hatte die Macht, zu leiten, wie er es wollte. Damals hatten sie sich gemessen, er war nicht unterlegen; er hatte ja die Waffe in der Hand, mit der er Sontheimer zwingen konnte.

Hans Sontheimer hatte schon einige der Schriftstücke unterzeichnet, als eines doch seine Aufmerksamkeit hervorrief.

„Sie ernennen Rudi Tornay zum ersten Buchhalter?

„Ja!“

„Und den alten Elena?“

„Den habe ich entlassen. Er war schon zu alt, um das Geschäft als erster Buchhalter zu vertreten.“

„Weshalb gerade Rudi Tornay?“

„Er hat sich um das Haus Sontheimer-Esdeale schon manche Verdienste erworben.“

„Glauben Sie? Ich glaube, ihm fehlen die notwendigen Kenntnisse."

„Sie waren schon lange Zeit nicht mehr in den Bureaus," war die Antwort Esdeales.

„Daran mag es liegen. Vielleicht bin ich auch schon zu alt."

Und Hans Sontheimer unterzeichnete auch dieses Schriftstück wie die anderen.

Als Esdeale dann alle in seine Mappe zurückgeschoben hatte, und eben das Arbeitszimmer Sontheimers verlassen wollte, da rief ihn dieser nochmals zurück.

„Esdeale?"

„Sie wünschen noch?"

„Wie ist die Sache vorübergegangen?"

„Gut!"

„Wenn man aber etwas finden wird?"

„Man wird nichts finden."

„Könnte es nicht doch möglich sein?"

„Nein!"

„Dann – ist es ja gut!"

Und Frank Esdeale hatte das Zimmer verlassen. Hans Sontheimer jedoch bedeckte sein Gesicht mit beiden Händen und stöhnte dabei:

„Nur um Deinetwillen! Mag schließlich mit mir geschehen, was will! Nur um Deinetwillen!"

Frank Esdeale war in das Bureau eingetreten; dort war von dem ganzen Personal nur noch Rudi Tornay anwesend; dieser wandte sich sofort an Esdeale:

„Wie war der Alte heut?"

„Wie immer!"

„Er hat also unterzeichnet?“

„Ja!“

„Es war aber auch die höchste Zeit! Länger hätte ich nicht mehr hingewartet.“

Und Frank Esdeale schwieg; er hatte in Rudi Tornay den gleichen rücksichtslosen Gegner, der er Hans Sontheimer war. Wie er diesen festhielt, so hielt ihn Rudi Tornay und so war dieser erster Buchhalter geworden.

*

An dem Porzellantürschild stand mit schwarzen Lettern: Robert Willig.

Detektiv Steinherz schellte.

Schlürfende Schritte kamen näher, eine kleine, dicke Frau mit sehr spärlichem Haarwuchs, aber mit desto üppigerem Bärtchen, das sie allscheinend auszureißen versuchte, denn es glich einem gemähten Stoppelfelde, öffnete und fragte mit heftiger Stimme nach seinen Wünschen.

„Hier wohnt Robert Willig?“

„Ja.“

„Ich möchte ihn sprechen.“

„Das möchten Sie gerne? Es wird aber nicht möglich sein.“

„Weshalb nicht?“

„Er ist schon seit mehreren Wochen nicht mehr gekommen. Die Miete ist auch schon wieder fällig. Und er war doch sonst ein so netter Herr.“

„Dann darf ich wohl sein Zimmer ansehen.“

„Weiß ich nicht! Er könnte damit nicht einverstanden sein.“

Erst jetzt legitimierte sich Steinherz und erklärte, daß er im Auftrage des Vaters von Robert Willig handle.

Wie alle Leute aus dem Volke hatte auch die dicke Frau einen furchtbaren Respekt vor allem, was von der Polizei kam oder mit dieser in Zusammenhang stand. Deshalb zögerte sie auch nicht lange, sondern führte Steinherz sofort in das Zimmer des Verschollenen, während sie laut klagte und jammerte, trotzdem Steinherz zu versichern suchte, es liege nichts von Bedeutung vor.

Das Zimmer Robert Willigs wies peinliche Sorgfalt auf; da lag nichts auf dem Boden herum, da war überall solche Ordnung, daß jeder das finden konnte, was er wollte, selbst wenn er zum ersten Male dort weilte.

Auf dem Schreibtisch lagen ungeöffnet einige Geschäftsbriefe und die Briefe des Vaters und dessen Telegramme. Deshalb hatte er nie Antwort bekommen, weil diese Briefe und Telegramme nie geöffnet worden waren.

Außerdem lag noch ein Lieferschein bei. In der Bahnhofsgepäckhalle lag ein Koffer zum Abholen bereit.

Woher und von wem dieser Koffer kam, fand sich nicht vermerkt. Jedenfalls konnte es nicht von zu großer Wichtigkeit sein.

Sämtliche Briefe, die er im Schreibtisch fand, sichtete er und manche las er mit größter Aufmerksamkeit. Aber keiner war darunter, der in die geheimnisvolle Angelegenheit und das seltsame Verschwinden Aufklärung gebracht hätte.

Viele Briefe waren mit Erna unterzeichnet; diese wanderten in die Tasche des Detektivs, denn seine Auftraggeberin konnte nur daran Interesse haben, daß diese Briefe wieder in ihren eigenen Besitz übergingen.

Die nächste Aufmerksamkeit schenkte Steinherz dem Papierkorb, den er vollständig entleerte und durchsuchte. Hier war die Arbeit eine sehr mühevolle. Oftmals mußte er die Stücke eines zerrissenen Briefes zusammensuchen und wenn dies mühsam gelungen war, dann mußte er erkennen, daß die Mühe sich nicht gelohnt hatte.

Nichts hatte er gefunden! Und kein Raum, kein Behälter, den er nicht durchsucht hatte.

Nur der Ofen!

Er öffnete diesen.

Nur Asche! Aus der Asche aber leuchteten einige weiße Papierstückchen, die nicht vollends verkohlt waren; er sah darauf Schriftzüge.

Konnte ihm das die Lösung bringen?

Sorgfältig holte er alle aus der Asche.

Nach mühevollem Suchen konnte er das folgende Bruchstück eines Briefes zusammenstellen:

„. .nde machen. . i Glonn Auho . . neun U . . lein . . enster off . . . etzte . . estimm . . orn . . ai . .“

Was aber konnte er mit so unvollständigen Bruchstücken beginnen. Die Worte selbst konnte er entsprechend ergänzen.

Ende machen, bei Glonn Auhof, neun Uhr, allein, Fenster offen, letzte, bestimmt.

Mit den zwei letzten wußte er nichts zu beginnen.

Mit aller Sicherheit konnte er nur das eine entnehmen, daß Robert Willig in diesem Schriftstück nach der einsamen Villa an der Glonn bei Auhof bestellt worden war.

Daraus aber ergab sich mit untrüglicher Sicherheit, daß er dort ermordet worden war.

Nur die Leiche war noch nicht gefunden.

Sorgsam barg er die Bruchstücke des Briefes in seiner Mappe, dann eilte er mit dem Lieferschein des Koffers nach der Gepäckstation.

Der Lieferschein trug als Datum den 25. Juni.

Ein Beamter nahm ihm den Schein ab; als er den Namen und Nummer gelesen hatte, sagte er:

„Das ist aber höchste Zeit. In dem Koffer ist wohl Wildpret verpackt, denn er riecht fürchterlich. Wie kann man das Wochen hindurch liegen lassen?“

Diese Worte hatten auf Steinherz eine überraschende Wirkung ausgeübt. Ein furchtbarer Verdacht regte sich in ihm, der sich noch mehr steigerte, als er den Koffer selbst sah. Dieser war von sehr großem Umfang, stark gebaut, die Ecken aber mit Stahlbeschlägen geschützt.

Und Steinherz bemerkte den gleichen Geruch von übelriechendem, faulendem Fleisch.

Da zweifelte er nicht mehr, da wußte er die furchtbare Lösung, da kannte er den Inhalt des Koffers.

„Detektiv Steinherz!“ legitimierte er sich nun vor dem Beamten. „Robert Willig wurde bei mir als verschollen gemeldet. Ich hege nun die Befürchtung, daß an ihm ein Verbrechen verübt worden ist, deshalb möchte ich in Ihrer Anwesenheit als Zeuge den Koffer öffnen.“

Der Beamte erklärte sich denn auch bereit.

Bald waren Brechwerkzeuge beigeschafft.

Der Deckel war aufgesprengt.

Der Inhalt lag bloß..

Obenauf ein zusammengelegter, blutgetränkter Bodenteppich.

Dieser war herausgeworfen worden.

Nun zeigte sich der grauenvolle, gräßliche Anblick einer Leiche, die schon in Verwesung überging.

Der Schädel war zertrümmert. Das Gesicht verzerrt. Gewaltsam war die Leiche in den Koffer gepreßt worden. In hockender, zusammengekrümmter Stellung lag sie darin.

Und neben der Leiche lag das blutige Beil.

Die Taschen des Toten, die Steinherz sofort durchsuchte, waren geleert worden. Nichts fand sich darin vor.

Über alle Einzelheiten stellte er sodann genauen Bericht auf und holte dann zwei Polizisten, die den Koffer wieder schließen und zur nächsten Polizeistation schaffen mußten.

Dann eilte Steinherz zu dem nächsten Telegraphenamt und depeschierte nach Hamburg:

„Unfall. Ihre Hierherkunft unbedingt notwendig."

Als er aber bei Michael Gebhart eintraf, da sagte er zu diesem:

„Ich wußte es ja, daß ich mich nicht irren konnte. Der verschwundene Teppich mußte zu finden sein, wo die Leiche war. So war es denn auch."

Dienstmann Nr. 849

Für Staatsanwalt Wadricza war es kein Vergnügen gewesen, als der Privatdetektiv und ehemalige Kommissar Steinherz von seinem Erfolge berichtete, der genau das bestätigte, was dieser früher schon ausgeführt hatte.

Über alle Einzelheiten, von Erna Sontheimers Aussagen, von dem Briefe des alten Willig, von der Suche in Robert Willigs Wohnung bis zur Auffindung der Leiche hatte Steinherz berichtet, dabei hatte er es in seiner geschickten Art verstanden, da und dort auf die Erfolglosigkeit der polizeilichen Nachforschungen hinzuweisen.

Zuletzt endete er seinen Bericht mit den Worten:

„Ich nehme jetzt wohl nicht mit Unrecht an, daß es nunmehr für den so tüchtigen Kommissar Fraundorfer eine mühelose Arbeit sein wird, den Mörder festzunehmen."

Der Staatsanwalt hatte die Bedeutung der Worte richtig verstanden, aber er mußte schweigen, denn Steinherz war nicht mehr sein Untergebener.

Er stellte nur noch einige Fragen, die ihm von besonderer Wichtigkeit schienen.

„Hans Sontheimer war also gegen eine solche Verlobung?“

„Sehr entschieden sogar!“

„Dafür hatte er aber keine Gründe anzugeben gewußt?“

„Er hatte diese nicht angeben wollen.“

„Natürlich! Er wollte doch auch nicht angeben, wo er zur kritischen Zeit gewesen war.“

Steinherz zog die Stirn in Falten; er hütete sich aber, seine Ansicht auszusprechen, sondern begnügte sich mit einem vielsagenden und doch wieder nichtsverratenden Achselzucken.

„Ich werde den Kommissar Fraundorfer natürlich sofort veranlassen, die notwendigen Anordnungen zu treffen.“

„Sollte nicht vorher nach dem Absender des Koffers gefahndet werden?“

„Sie sind jetzt doch Privatdetektiv, Herr Steinherz!“ entgegnete scharf der Staatsanwalt. „Als solcher haben Sie es nicht nötig, durch nicht verlangte Ratschläge den Amtshandlungen vorzugreifen.“

„Pardon! Ich vergaß die Selbständigkeit der Amtsbehörden.“

Als Steinherz aber allein war und die Treppe zum Ausgang hinunterstieg, da murmelte er ein Wort vor sich hin, das ihm eine Amtsbeleidigung zugezogen hätte, wenn es jemand gehört und wenn es dem Herrn Staatsanwalt Wadricza gegolten hätte.

Gehört hatte das kriminelle Wort niemand. Wen aber Steinherz damit gemeint hatte, das verriet er nicht.

Sein Weg hatte ihn zunächst nach der Gepäckaufbewahrstelle zurückgeführt, wo er auf seine eigene Verantwortung ein Verhör vornahm, das für ihn beachtenswerte Resultate zeitigte, sodaß er mit vergnügtem Gesicht sein Privatbureau aufsuchen konnte, wo er schon von Michael Gebhart erwartet wurde.

„Was haben Sie erreicht?“ war dessen erste Frage, mit der er Steinherz begrüßte.

„Viel und wenig! Wie man zufrieden ist!“

„Und was ist es?“ fragte Michael Gebhart weiter, der seine Unruhe kaum mäßigen konnte.

„Staatsanwalt Wadricza, der jetzt noch weniger freundschaftliche Zuneigung gegen meine unscheinbare Person gezeigt hat, ist glücklich auf einer Spur. Das hat er mir zu verstehen gegeben. Ich hätte ihm zwar sagen können, daß er der falschen Fährte folgte, aber ich hielt dies nicht für notwendig, da er hierin eine widerrechtliche Beeinflussung der Amtsgeschäfte gesehen hätte. Ich werde ihn also nicht stören; jedenfalls bin ich fest entschlossen, den Fall Willig, so darf man ihn jetzt wohl nennen, auf eigene Verantwortung zu verfolgen.“

„Auf wen hat er Verdacht?“

„Ich will den Namen nicht zu früh nennen; Wenn aber schon heute oder morgen eine Aufsehen erregende Verhaftung eines bekannten Finanziers gemeldet wird, so werde ich nicht überrascht sein.“

„Sollte es –“

„Keinen Namen,“ unterbrach ihn Steinherz. „Ich glaube, wir beide kennen ihn.“

„Und Sie! Haben Sie etwas von Wichtigkeit erfahren?“

„Ein Dienstmann Nummer 849 hat den Koffer gebracht. Die Adresse auf dem Koffer weist die gleichen Schriftzüge auf wie die von mir im Ofen vorgefundenen Brieffragmente!“

„Dann können wir ja heute noch ein Resultat erzielen. Der Dienstmann Nummer 849 ist doch bald gefunden,“ rief Gebhart aus.

„Scheinbar! Ich war schon in dem Dienstmännerinstitut, um mir Name und Adresse von 849 zu notieren,“ war die Antwort.

„Haben Sie ihn dann aufgesucht?“

„Nein"

„Weshalb nicht?"

„Weil es diese Nummer nicht gibt."

„Nicht gibt?"

Die Enttäuschung und Überraschung zugleich stand auf dem Gesicht Gebharts zu lesen. An eine solche Möglichkeit hatte er am wenigsten gedacht, und da er geglaubt hatte, seinem Ziele schon so nahe zu sein, mußte er erkennen, daß er noch ebensoweit davon entfernt war.

„Ja! Ein Dienstmann Nummer 849 ist noch nicht angemeldet. Mir war die Nummer schon verdächtig hoch vorgekommen."

„Aber dann sind Sie nicht einen Schritt vorwärts gekommen."

Steinherz zuckte die Schultern.

„Nichts zu ändern! Sicher aber ist, daß am 24. Juni nachmittags in dem Maskenverleihgeschäft Diring das Kostüm eines Dienstmannes entliehen worden war. Dieses Kostüm hatte die Nummer 849."

„Das war er."

„So scheint es."

„Weiter! Weiter!" drängte Gebhart seinen Teilhaber, von dem er erwartete, er müßte noch mehr zu berichten haben.

„Dort hatte sich der Inhaber des Verleihgeschäfts gewundert, daß an einem Sommertage Kostüme geliehen werden. Der Entleiher mußte den vollen Wertbetrag einsetzen, den er wieder zurückerhalten hätte. Aber das Kostüm wurde nicht wieder zurückgebracht."

„Wie sah der Mann aus?"

„Groß mit Vollbart. Aber mit weißen Haaren."

„Hans Sontheimer!" rief Gebhart aus. „Auch sein Haar ist weiß, weiß geworden in der Nacht nach der Mordtat."

„An der Gepäckaufbewahrstelle schilderte man den Dienstmann in gleicher Weise."

Michael Gebhart starrte entsetzt vor sich hin; es schien ihm dies so ungeheuerlich, daß er es kaum fassen konnte; aber alle kleinen Verdachtsmomente drängten sich jetzt zusammen zu einem einzigen großen Verdacht:

Die Schlüssel nur in seinem Besitz; die Ähnlichkeit auf der Photographie, sein seltsames Benehmen, seine Weigerung, über seinen Aufenthalt in der kritischen Zeit Aufschluß zu geben, die Färbung seines Haares, und jetzt noch die genaue Beschreibung, die wieder auf Hans Sontheimer paßte. Weshalb aber sollte dieser zum Mörder geworden sein?

An seiner Schuld wagte Gebhart nicht mehr zu zweifeln; aber welches Geheimnis mußte vorliegen, das diesen Mann zu solcher Tat veranlassen konnte.

Und er betonte Steinherz gegenüber nochmals diesen Verdacht und die schwerwiegenden Überführungspunkte.

Dieser aber zuckte nur die Schultern; eine Antwort schwebte schon auf seinen Lippen, aber er schwieg. Irgend etwas schien ihn zu veranlassen, seine Ansicht vorerst noch für sich zu behalten.

Eine weitere Auseinandersetzung war dadurch schon unmöglich gemacht worden, daß ein neuerlicher Besuch angemeldet worden war.

Emil Willig aus Hamburg.

Dieser war von kleiner, unscheinbarer Gestalt mit verrunzeltem Gesicht, bartlos und mit grünlichen Augen, die unstet umherirrten.

„Auf Ihr Telegramm bin ich sofort mit dem nächsten Expreßzug gereist. Unfall! Ich befürchte das Schlimmste. Ist er tot? Sagen Sie es, halten Sie mich nicht zurück! Kann ich ihn lebend noch sehen?"

„Es ist das Schlimmste."

„Also tot!"

Für einen Augenblick schien Emil Willig ganz in sich versunken; dann aber kam sofort wieder Leben in seine erstarrte Gestalt.

„Wie ist er gestorben? Ein Unfall oder Schlimmeres? Sein letzter Brief, den ich Ihnen mitgeteilt habe, läßt mich dies befürchten!"

„Werden Sie nicht erschrecken?"

„Nein! Ich habe Nerven, die alles ertragen können. Was nicht mehr zu ändern ist, ist nicht mehr zu ändern. Dann sind auch Klagen zwecklos!"

Steinherz sah fast bewundernd auf diesen alten Mann, der trotz eines solchen Verlustes noch so reden konnte.

„Er wurde ermordet."

Dann berichtete er genau, wie er nachgeforscht hatte, wie er die ersten Spuren entdeckte, bis er die Leiche selbst gefunden hatte.

Die Bruchstücke des Briefes legte er dem Alten vor.

„Ist Ihnen diese Schrift bekannt?"

„Nein!"

„Finden Sie keine Ähnlichkeit mit einer Ihnen bekannten Schrift heraus?"

„Nein! Ich habe dafür ein besonders gutes Auge. Die Schrift ist ja verstellt, denn der Schreiber machte die Schlingen der h, g und l mit Absicht breit und lang. Hier hatte er sich verschrieben! Die seinen sind für gewöhnlich kurz und schmal! Hier! Dann hatte er die Schlinge verlängert und bauchig gemacht."

„Sie wissen auch heute noch nicht, was der Tote mit seinem Briefe angedeutet hat?"

„Nein!" erklärte er mit Bestimmtheit. „Mir ist es ein Rätsel."

„Sie können auch gegen niemand irgendwelchen Verdacht aussprechen?"

„Nein!"

„Hat Ihr Sohn Ihnen geschrieben, daß er sich heimlich mit der Tochter Ihres Geschäftsfreundes verlobt hat?“ frug Steinherz weiter.

„Mit Erna Sontheimer?“

„Ja!“

„Nein! Das hätte ich auch nie geduldet!“

„Sie auch nicht?“

„Natürlich nicht! Das wäre – nein das hätte ich nicht zugelassen.“

„Weshalb nicht?“

„Darüber spricht man nicht gern. Zudem hat dies mit dem Mord nicht das geringste zu tun. Sie werden selbstverständlich für mich noch weiter tätig sein. Zu den Gerichtsbehörden habe ich nicht viel Vertrauen!“

Die Geste, die er dazu machte, verriet allerdings nur ein sehr mäßiges Zutrauen.

„Ich bleibe hier, bis Sie den Mörder gefunden haben! Geld ist Nebensache.“

Erwachende Liebe

Das waren schlechte Tage für Detektiv Steinherz. Unermüdlich war er tätig, emsig wie eine Biene hatte er alle scheinbar nebensächlichen Beweispunkte gesammelt, aber der große Verdacht, der sich daraus konstruieren ließ, befriedigte ihn nicht. Er mußte den Absender des Koffers mit der Leiche, den Schreiber des Brieffragments aus dem Ofen finden, mußte das Rätsel zu lösen wissen, das aus dem letzten Briefe des Ermordeten an seinen Vater herauszulesen war.

Der alte Willig hatte genau festgestellt, daß ihm diese Schrift vollständig unbekannt war.

Diese Aussage war für Steinherz bedeutungsvoll genug, einer neuen Fährte zu folgen.

In dieser Zeit saß Michael Gebhart immer allein im Bureau, um die geschäftliche Leitung zu versehen und an die übrigen Angestellten, die durch die vielen zugewiesenen Aufträge notwendig geworden waren, die zu erledigenden Aufgaben abzugeben. Wenn er dann aber allein über den Geschäftsbüchern saß, dann schweiften seine Gedanken oft von den toten Zahlen ab und suchten in der Erinnerung eine biegsame, zierliche Mädchengestalt mit braunen, sanften Augen und weißlich-blondem Haar.

An diese dachte er in seinen einsamen Stunden, Er war nun so alt geworden und niemals hatte sein Herz rascher geschlagen, nun war sein Blut schneller durch die Adern gerollt und nie waren seine Wangen so jäh gerötet, wenn er an ein Mädchen dachte. So war es nun!

Er liebte Erna Sontheimer!

Dabei aber mußte er verzagen, denn seiner Liebe blühte die Hoffnung nicht.

Sie hatte Robert Willig geliebt, der das Opfer einer feigen Mordtat geworden war.

Der alte Sontheimer hatte seine Zustimmung zu einer solchen Verlobung verweigert. Aber konnte dies etwas an Ernas Liebe zu dem nun Toten ändern? Und der Mörder?

Wenn Gebhart daran dachte und an den furchtbaren Verdacht, der wie ein drohendes Gespenst über dem Lockenkopfe der von ihm heimlich Geliebten schwebte, dann bedeckte er seine Augen mit der Hand, um zu vergessen, um nur an die Zahlen zu denken, die vor ihm durcheinander tanzten.

Zweimal hatte er sie nur gesehen! Zweimal! Aber wenn die Liebe zündet, dann entflammt ein Blick brennende Glut.

So war es in seinem Herzen!

Und dabei träumte er und ließ die Feuer brennen und sah zu, wie der Brand größer und gewaltiger wurde.

So versunken war er in sein Sinnen und Grübeln, daß er gar nicht gesehen und gehört hatte, wie die Tür geöffnet worden und jemand in sein Bureau getreten war.

„Herr Gebhart."

Das schreckte ihn auf.

Er blickte empor und vor sich sah er die Gestalt, von der er eben noch geträumt hatte: er sah ihre Augen bittend auf sich gerichtet, er sah um ihre roten, blühenden Lippen den schmerzlichen Zug, er mußte erkennen, daß tiefe Schmerzen auf ihr lasteten. Ihr Gesicht war blaß, ihre Gestalt durchbebte ein Schauder der Angst und ihre Hände, die an einer Stuhllehne einen Halt suchten, zitterten.

Gebhart war aber verwirrt, daß er nicht sogleich wußte, was er fragen sollte.

Stand er einem Bilde seiner erregten Phantasie gegenüber? Oder war es eine greifbare Gestalt?

„Herr Gebhart, Sie müssen helfen," flehte ihre weiche, zitternde Stimme.

Da war er aufgesprungen.

„Mein Fräulein! Was ist Ihnen zugestoßen? Sie sind so totenblaß! Setzen Sie sich doch."

Willenlos wie ein Lamm, das zur Schlachtbank geführt wird, ließ sie sich von ihm nach einem Stuhle führen, in den sie sich setzte.

Dort schlug sie sofort beide Hände vor ihr Gesicht und brach in lautes Schluchzen aus.

Und vor ihr stand Michael Gebhart und konnte ihr nicht helfen. Am liebsten wäre er vor ihr auf die Knie gesunken und hätte diese schmalen, zierlichen Hände geküßt. Aber er durfte ja nicht.

„Was ist geschehen? Sprechen Sie doch! Sie dürfen gewiß sein, daß alles geschehen wird, um Ihnen zu helfen. Und wir werden auch helfen. Ganz gewiß! Wir werden alles tun."

„Wir," sagte sein Mund; in seinem Herzen aber dachte er nur an sich selbst. Er hätte ja jedes Opfer gebracht, wenn er sich damit ihre Liebe hätte erwerben können.

Sie ließ die Hände in den Schoß sinken und ein Blick trostloser Hoffnungslosigkeit traf Michael Gebhart. Ihre Stimme sank zu einem kaum hörbaren Flüstern.

„Man hat mir den Vater genommen."

„Den Vater?" Er dachte an das Schlimmste. „Ist er tot?"

„Verhaftet! Sie haben ihn geholt und fortgeführt. Ins Gefängnis!"

„Ins Gefängnis?" frug Gebhart, der nun verstand, um welch schreckliche Angelegenheit es sich hier handelte.

„Ja! Des Mordes wird er angeklagt! Des Mordes an Robert Willig!"

„An Robert Willig?"

Michael konnte kein tröstendes Wort finden. Was sie sagte, was nun geschehen, das hatte er längst befürchtet, das hatte er in Selbstqualen kommen sehen.

„Sie glauben doch auch, daß mein Vater schuldlos ist, daß er nie und nimmer eines solch schändlichen Verbrechens fähig wäre?"

Immer noch schwieg Gebhart.

Hätte er die Wahrheit sagen sollen? Hätte er von der Photographie erzählen sollen, von der Ähnlichkeit auf dem Bilde, von dem angeblichen Dienstmann Nummer 849, dessen Beschreibung genau auf ihren Vater stimmte, und von allen anderen Beweisen, die so bedeutungsvoll waren?

Hätte er ihr den Glauben an die Schuldlosigkeit ihres Vaters rauben sollen?

Er konnte es nicht.

So starrte er finster vor sich hin.

„Sie sprechen nichts! So können auch Sie mir nicht helfen?“

Sie wollte schon aufspringen, um fortzueilen. Da griff er ihren Arm und hielt sie zurück.

„Mein liebes Fräulein, Sie sehen mich zu verwirrt. Ihre Nachricht hat mich betroffen wie ein Blitz aus wolkenlosem Himmel. Aber wir werden selbstverständlich für Sie tun, was wir tun können.“

„Sie müssen den wirklichen Mörder finden! Sie müssen den feigen Verbrecher entdecken. Sie müssen die Schuldlosigkeit meines Vaters beweisen, Sie müssen ihn befreien!“

Hastig kamen diese Worte über ihre Lippen. Dabei war sie so erregt, daß ihr Busen heftig auf und nieder wogte. Die Hände hatte sie zu Fäusten geballt und schwere Tränen rannen über ihre Wangen.

„Es wird geschehen, Fräulein Erna.“

„Aber Sie müssen an ihn glauben!“

„Gewiß! Ich weiß, daß er schuldlos ist.“

„Er ist es auch! Ich danke Ihnen, daß Sie daran nicht zweifeln.“

Sie gab ihm ihre Hand hin.

Als er diese annahm und leise drückte, da färbten sich seine Wangen mit brennendem Rot.

War es ihr warmer Händedruck oder die Scham, weil er einen Glauben heuchelte, den er nicht hatte?

„Sie waren es gewesen, der den unglücklichen Willig ausfindig gemacht hat?“

Gebhart berichtigte die Annahme der Fragestellerin nicht! Schließlich gehörten Steinherz und er doch zusammen, dann war das, was Steinherz getan hatte, auch durch ihn selbst geschehen.

„Sie werden auch den wirklichen Mörder ausfindig machen.“

„Es wird geschehen."

„Wenn dies möglich wäre! Wenn Sie meinen Vater von dem schmählichen, ungeheuerlichen Verdachte retten könnten, wenn Sie ihm die Freiheit wiedergeben könnten und auch seine Ehre wieder, die so besudelt wurde, ich könnte alles dafür geben, ich könnte jedes Opfer bringen. Ich würde um diesen Preis alles tun."

Während sie mit soviel flammendem Feuergeiste sprach, da glühten ihre Augen leuchtender und die Blicke zuckten wie Blitze auf.

Michael nickte; aber die Hoffnung auf Erfüllung seiner heißesten Wünsche regte sich nicht, denn ihm fehlte der Glaube.

Wie könnte er die Schuldlosigkeit beweisen, an die er nicht glaubte.

Und doch sprachen seine Lippen anders.

„Es wird geschehen!"

Als sich aber Erna wieder entfernt hatte und Michael wie dorther den Zahlen in den Büchern gegenübersaß, da seufzte er sehr vernehmlich auf.

Seine Träume und Hoffnungen schienen ihm jetzt in unerreichbare Fernen gerückt.

Wie eine Fata morgana entschwindet, so zerrann das Bild, das er sich in seinen Träumen gebaut hatte.

Und er rechnete an den Zahlen weiter, während ihm der Kopf schmerzte, während sein Herz schneller und schneller pochte.

Als endlich in später Abendstunde, als Gebhart eben das Bureau schließen wollte, sein Teilhaber Steinherz von seinen Nachforschungen zurückkam, da zeigte dieser eine wenig erfreuliche Miene. Der Tag mußte ihm viele Mühen und Arbeiten gebracht haben, aber keinen Erfolg.

Wie ein vollständig Ermüdeter ließ er sich in den Sessel fallen, während er seinen Hut mißmutig beiseite warf.

Seine Stirne zeigte Furchen, die nichts Gutes verrieten, die Lippen hatte er aufeinandergepreßt und die Nasenflügel blähten sich. Seine Finger trommelten nervös auf der Sessellehne.

„Ich hatte Sie nicht erwartet. Ich dachte nicht mehr an Ihr Erscheinen."

„So!"

Steinherz schwieg weiter.

„Fräulein Sontheimer war hier."

„So!"

Sonst keine Bemerkung! Sollte Steinherz noch nichts von Sontheimers Verhaftung wissen? Oder war er deshalb so ärgerlich, weil er keinen Erfolg erzielt hatte, während die Amtsbehörde schon die Verhaftung durchgeführt hatte?

„Wissen Sie, weshalb Sie hier gewesen war?"

Steinherz blickte nicht einmal auf.

„Damit Sie poussieren konnten! Sie sind ja bis über die Ohren in das Mädchen verliebt!"

Das Trommeln auf der Sessellehne ging rascher; auch die Füße gaben den Takt dazu.

Michael Gebhart war rot wie ein zwanzigjähriger Jüngling.

„Das war sicherlich eine viel ernstere Angelegenheit."

So!"

Wenn Steinherz schlechter Laune war, dann war er sehr sparsam mit Worten, dann konnte ihn auch so leicht nichts aus seinem scheinbaren Gleichmut bringen; dann schien er nach seinen Antworten die Ruhe selbst zu sein, wenn es auch in seinem Innern wie in einem Vulkan kochte und brodelte.

„Bankier Sontheimer ist verhaftet worden!" fuhr Gebhart fort.

„So!"

Steinherz zeigte nicht die geringste Überraschung, er war so ruhig, als wäre von dem schönen Sommerwetter gesprochen worden.

„Wegen des Mordes an Robert Willig."

„So!"

„Sie hat uns den Auftrag gegeben, für die Schuldlosigkeit ihres Vaters Beweise zu erbringen, um ihn aus dem Gefängnis zu retten und den wirklichen Mörder ausfindig zu machen."

„Sonst nichts?"

Da trat kurzes Schweigen ein; dann erklärte Gebhart noch:

„Sie wird alles geben, was von ihr verlangt wird, wenn uns dies möglich wäre."

„So!"

Nach einer Pause fügte Steinherz hinzu:

„Sie werden natürlich mit ihrem Herzen und mit ihrer Hand zufrieden sein."

„Wie können Sie spotten! Und gerade in einer so schrecklichen Sache! Scherzen, wo Sie selbst doch wissen müssen, daß dies für mich die Hoffnungslosigkeit bedeutet."

„So!"

Täuschte sich Michael oder war wirklich ein spöttisches Lächeln über das Gesicht von Steinherz gehuscht.

„Ein solcher Auftrag! Und wir hatten gerade alles Material zuerst in Händen."

„Gewiß!"

„Wir wissen, daß diese Aufgabe unerfüllbar ist. Wenn darin auch die Erfüllung meiner sehnlichsten Herzenswünsche liegt, was kann es nützen. Wir wissen nach allem, daß Hans Sontheimer der Mörder von Robert Willig ist, daß ihr Auftrag nie erfüllt werden kann."

„Wir? Sie glauben wohl daran."

„Und Sie?"

„Ich habe nie daran gedacht. Einen Augenblick vielleicht! Länger nicht!"

„Das ist doch nicht möglich!"

„Dann werde ich mir den Preis allein zu verdienen suchen. Der Mörder Willigs, dem ich nachjage, heißt nicht Sontheimer; dieser hat mit dem Morde ebensowenig zu tun, wie Sie oder ich."

„Aber –"

Doch Steinherz unterbrach ihn:

„Diese Verhaftung habe ich vorhergesehen! Indizienbeweise liegen gegen ihn vor. Ich aber hoffe, daß ich mir Herz und Hand verdienen werde."

„Soll das ein Scherz sein?"

„Durchaus nicht! Mir war es niemals ernsthafter zumute."

„Ihr Herz und ihre Hand?" fragte Gebhart mit leiser Stimme.

„Ja!" Und Steinherz fand dabei sein fröhliches, sorgloses Lachen wieder.

Indizienbeweise

„Im Auftrage des Staatsanwalts muß ich Ihre Verhaftung vornehmen."

Im Herrenzimmer stand Hans Sontheimer vor seinem Schreibtisch.

Ihm gegenüber stand der Kommissar Fraundorfer mit zwei Kriminalbeamten.

„Ich werde gehorchen. Ich hätte dies auch getan, wenn kein so großes Aufgebot an Vollzugstruppen gemacht worden wäre," erklärte Sontheimer mit fester Stimme und mit versteckter Ironie. „Ich darf wohl hoffen, daß Sie mich nicht gerade in Ketten fortschaffen werden."

Kommissar Fraundorfer war von kleiner Gestalt, dickem, rotem Gesicht und nur sehr wenigen Barthaaren, die widerspenstig nach allen Seiten starrten.

„Vor dem Hause wartet eine Droschke, die Sie nach dem Untersuchungsgefängnis bringen wird. Vorher aber habe ich Ihnen noch mitzuteilen, daß dieser Haftbefehl nicht vollzogen werden wird, wenn Sie eine Erklärung darüber abgeben, wo Sie zur Zeit der Ausübung der Mordtat gewesen waren."

Sontheimer verlor nichts an seiner Ruhe.

„Ich wurde in dieser Angelegenheit schon einmal befragt und muß jetzt die gleiche Antwort geben. Ich kann es nicht sagen

„Sie verweigern also die Aussage darüber nach wie vor?"

„Ja!"

„Dann ersuche ich Sie, mir zu folgen."

„Darf ich vorher noch mein Kind sprechen?"

Einen Augenblick zögerte der Kommissar; dann erklärte er:

„Ich darf es nicht erlauben."

Die Augenbrauen Sontheimers schoben sich zusammen, als er dann sagte:

„Wie Sie bestimmen!"

Dann schritt er fest und ohne Wanken hinter dem Kommissar her. Als ihn der Wagen über das holperige Pflaster nach dem Gefängnis führte, da dachte er an seine Erna, die in ihrem Zimmer war und nichts ahnte, was inzwischen vorgefallen war.

Wie würde diese die Schreckensbotschaft aufnehmen, wenn ihr diese zugetragen wurde; er glaubte in seinem Sinnen den Schrei ihrer Angst zu vernehmen.

In dem Untersuchungsgefängnis wurde er sofort in das Verhörzimmer gebracht.

Ein kahler, düsterer Raum, der durch die eisenvergitterten Fenster noch unheimlicher wirkte; ein Tisch und ein Stuhl standen darin und waren am Boden festgeschraubt.

Vor dem Zimmer ging im Flur ein Gefängniswärter auf und nieder und das stete, leise Klirren der Schlüssel ließ keinen Augenblick vergessen, an welchem Orte man sich befand.

Staatsanwalt Wadricza und sein Schreiber waren im Verhörzimmer anwesend.

„Sie sind Hans Sontheimer?“

„Ja!“

„Sie wissen, welcher Tat Sie beschuldigt werden?“

„Ja!“

„Was haben Sie darauf zu antworten?“

„Nichts.“

„Gestehen Sie!“

„Ich weiß nicht, was ich gestehen könnte.“

Da rief der Schreiber auf einen Wink des Staatsanwaltes den Zeugen Diring, den Inhaber des bekannten Maskenverleihgeschäftes, herein. An diesen wandte sich der Staatsanwalt.

„Bei Ihnen wurde ein Dienstmannkostüm, das die Nummer 849 aufwies, zu leihen genommen und nicht mehr zurückgebracht. Wie sah der Mann aus?“

„Genau weiß ich das nicht mehr!“ war die Antwort. „Ich erinnere mich nur, daß er weiße Haare hatte und einen Vollbart, der bis auf die Brust reichte.“

„Sehen Sie den Verhafteten an! Erkennen Sie in ihm den Mann wieder?“

„Haare und Bart stimmen! Auch die Größe.“

„Dann wird er es wohl sein!“

„Ich denke schon!“

Als nächster Zeuge wurde der Beamte der Gepäckaufbewahrstelle gerufen. Dieser bekundete nach entsprechender Frage:

„Genau so hat er ausgesehen! Bart und Haare stimmen.“

„Er ist es also?“

„Er wird es wohl sein!“

Die Zeugen durften sich dann wieder entfernen.

„Gestehen Sie jetzt zu, daß Sie in der Verkleidung als Dienstmann 849 den Koffer nach der Gepäckaufbewahrungsstation gebracht haben?“

„Ich war es nicht!“

„Waren Sie auch nicht in der einsamen Villa an der Glonn, als am 22. Juni gegen 10 Uhr dortselbst der Mord an Robert Willig begangen worden war?“

„Nein!“

„Wo waren Sie um diese Zeit?“

„Das kann ich nicht sagen.“

„Sie wollen also nicht?“

„Nein!“

Der Staatsanwalt begann sich über die Störrigkeit des Verhafteten zu erregen.

„Dann müssen Sie auch die Folgen davon tragen.“

„Ich habe mich nicht geweigert.“

„Sie allein also haben nur die Schlüssel zu der Villa?“ fragte der Staatsanwalt weiter.

„Das glaubte ich bisher. Nach dem, was ich inzwischen gehört habe, scheint dies nicht der Fall gewesen zu sein!“

„Sie wollen damit behaupten, es könnte ein anderer ebenfalls die Schlüssel gehabt haben und dieser andere müsse der Mörder sein.“

„So ist es auch!“

„Wir haben damit glücklicherweise den bekannten Unbekannten, der nie gelebt hat.“

Daraufhin schwieg Sontheimer.

„Und die Ähnlichkeit auf der Photographie?“

„Ist mir unbegreiflich.“

„Sie bleiben also bei Ihrem hartnäckigen Leugnen?“

„Dieser Ausdruck dürfte von Ihnen nicht gebraucht werden, denn es ist nicht bewiesen, daß ich die Unwahrheit sage.“

Ein solches Zurredestellen konnte aber Staatsanwalt Wadricza am wenigsten hören und wer dies tat, hatte bei ihm jede Gunst verscherzt.

„Sie brauchen mir wohl nicht zu sagen, wozu ich ein Recht habe. Sie sind des Mordes angeklagt und sind die Nummer 34 des Untersuchungsgefängnisses! Merken Sie sich das!“

Dann wurde der Zellenwärter gerufen, der Hans Sontheimer in die Zelle führte, in der er als Gefangener leben sollte.

Wie lange?

Wer das wissen konnte!

Ein schmaler, rechteckiger Raum mit hohen Wänden. An vielen feuchten Stellen, die schmutziggraue Färbung aufwiesen, wuchsen Schimmelpilze. Hoch oben war ein kleines, quadratisches Fenster, das mit dicken Eisenstäben vergittert war. Durch dieses herein stahl sich ein schmaler Streifen Sonnenlichts, der aber nur die gegenüberliegende Wand traf und nicht bis zu dem Unglücklichen herniedersteigen konnte, der jetzt auf seiner Holzpritsche saß und den Kopf auf beide Hände stützte.

So saß Hans Sontheimer und sann und sann!

Der Staatsanwalt war in sein Bureau zurückgekehrt, nachdem er vorher seinem Schreiber das Protokoll über die geführten Verhöre diktiert hatte; diese waren wohl genau den Tatsachen gemäß geführt, aber doch war aus allem deutlich herauszulesen, daß Hans Sontheimer nur der Mörder sein konnte, der sich durch Leugnen der von Zeugen bestätigten Tatsachen nur noch schwerer beschuldigte.

Der Staatsanwalt war auch überzeugt davon.

Nun mußte er nur noch den Erfolg der Haussuchung bei Sontheimer abwarten.

Dann konnte er schon die Anklage erheben.

Steinherz hatte den Staatsanwalt schon erwartet. Diesmal fühlte Wadricza etwas wie Befriedigung, als er des Detektivs ansichtig wurde; er hatte doch den Mörder entdeckt und verhaften lassen, ehe ihm dieser hatte zuvorkommen können. Er zeigte sich deshalb auch sehr freundlich, als er ihn in seinem Bureau zum Platznehmen aufforderte.

„Was führt Sie wieder zu mir?"

„Ich komme von der Wohnung Sontheimers. Sie haben ihn verhaften lassen!"

„Gewiß! Sie wundern sich wohl, daß wir Ihnen zuvorgekommen sind?"

„Mir zuvorgekommen?!" rief Steinherz erstaunt aus. „Ich habe nie an eine Täterschaft durch Hans Sontheimer geglaubt."

„Um so stolzer bin ich auf den Erfolg. Die Beweiskette gegen ihn hat sich geschlossen. Kein Glied fehlt."

„Aber er ist ganz gewiß schuldlos."

„Dann verstehe ich Sie nicht!"

„Das scheint mir immer der Fall gewesen zu sein," antwortete Steinherz.

„Sie waren doch kein schlechter Kriminalist," erklärte der Staatsanwalt, ohne den letzten Worten des Detektivs Beachtung zu schenken. „Sie kennen alle Beweispunkte, die vorliegen; Sie selbst haben diese zum Teil beschafft."

„Aber dennoch kann er schuldlos sein."

Ein Achselzucken des Staatsanwalts verriet, daß er eine solche Annahme für unmöglich hielt.

„Wäre er der Mörder, so hätte er längst eine Ausflucht gefunden, wo er zur Zeit der Mordtat gewesen war."

„Das beweist nichts!"

„Und der Hauptpunkt fehlt! Das Kostüm des falschen Dienstmanns ist noch nicht gefunden."

„Das kann er verbrannt haben."

„Die Schrift des Brieffragments hat mit der von Hans Sontheimer nicht die mindeste Ähnlichkeit."

„Er hatte seine Schrift so verstellt."

„Es liegt auch kein Beweggrund für eine solche grauenvolle Tat vor."

„Weshalb durfte Robert Willig nicht der Verlobte seiner Tochter Erna werden? Sie scheinen das ganz vergessen zu haben! Hierin müssen wir das Motiv zum Morde suchen."

„Auch das beweist nichts. Der Vater des Ermordeten hat das Gleiche erklärt."

„Das alles sind Kleinigkeiten."

„Für mich aber von großer Bedeutung."

„Herr Steinherz, Ihr Benehmen ist derart, daß Sie sich fast der Beihilfe schuldig machen."

Eine Antwort des Detektivs wurde dadurch abgeschnitten, daß die Tür plötzlich aufgerissen wurde.

Kommissar Fraundorfer kam in das Bureau hereingestürmt, fast atemlos vor Laufen. In der hocherhobenen Hand schwang er die Kleider eines Dienstmannes und die Mütze mit der Nummer 849.

„Hier! Nun habe ich das gefunden."

„Die Kleider des Dienstmannes!"

Staatsanwalt Wadricza und Steinherz hatten es fast gleichzeitig ausgerufen; die beiden erkannten die entscheidende Bedeutung dieses Fundes.

Bestätigte dieser die Behauptung des Staatsanwaltes oder die des Detektivs Steinherz?

„Wo wurde es gefunden?"

Die Gesichter der beiden wiesen die gleiche erwartungsvolle Spannung, als Fraundorfer in überstürzender Hast stammelte:

„Sie waren in die Kaminröhre gestopft worden! Sie sollten dort offenbar nicht gefunden werden; aber dabei war das Rohr etwas auseinandergerissen worden, sodaß das Rot der Mütze herausleuchtete."

„Wo! Wo!"

„In Sontheimers Schlafzimmer."

Da triumphierte der Staatsanwalt siegessicher auf und rief Steinherz zu:

„Zweifeln Sie jetzt immer noch?"

Der Gefragte konnte nicht sofort antworten; er war für den Augenblick zu sehr verwirrt, denn eine solche Möglichkeit hatte er nie erwartet.

Da rief auch noch Kommissar Fraundorfer:

„Auf diesen Beweis hin wird sicherlich jedes Gericht die Todesstrafe aussprechen."

Erst jetzt antwortete Steinherz mit beherrschter Ruhe:

„Überführt durch Indizien!"

Der neue Kompagnon

Nun war Erna Sontheimer allein!

Der Vater des Mordes angeklagt! Die Schmach, die darin lag, bereitete ihr größere Schmerzen als jede körperliche Qual. Der Vater, den sie geliebt und verehrt hatte als ein unerreichbares Ideal, des Mordes beschuldigt!

Daß die Welt bestehen blieb! Daß nicht alle Menschen aufschrien! Das war ihr unfaßbar. Sie glaubte, alle die vielen Freunde, die ihn stets umdrängt hatten, müßten jetzt zu ihr kommen, um ihr beizustehen, um zu sagen, daß sie selbst darunter litten.

Sie wußte ja nicht, daß die Freunde den Ratten gleichen, die das Schiff verlassen, das zu sinken droht. Sie hatte die Heuchelei der Welt noch nicht kennen gelernt.

Der glattrasierte Diener ihres Vaters war eingetreten und fragte nach ihren Wünschen.

„Hat jemand nach mir gefragt, Emil?“

„Nein!“

„So war also kein Mensch hier?

„Niemand!“

„Aber seine vielen Freunde?“

Der Diener zuckte die Schultern.

„Ist sonst nichts vorgefallen?“

„Kommissar Fraundorfer ist nochmals hier gewesen und hat die ganze Wohnung durchsucht.“

„Und nichts gefunden?“

„Doch! In der Ofenröhre im Schlafzimmer des gnädigen Herrn wurden die Kleider eines Dienstmannes gefunden.“

„Wie sollten diese dahingekommen sein?“

„Das kann ich nicht angeben!“

„Wissen Sie, was mit diesen Kleidern geschehen sein soll?“

„Ich habe nur davon reden hören und weiß nicht, ob ich das erzählen darf!“

„Ich will alles hören.“

Dabei fühlte Erna doch, wie ein beklemmendes Angstgefühl auf ihr lastete.

„Ein Dienstmann mit der Nummer 849 soll den Koffer mit der Leiche zur Gepäckbewahrstelle gebracht haben.“

„Und – und – welche Nummer –“

Sie hatte den Satz nicht vollenden können; die Worte erstickten ihr und kamen nur wie ein Windhauch über ihre Lippen; aber ihr Blick verriet, was sie fragen wollte.

„Die Nummer 849.“

„Lüge! Lüge! Das kann nicht sein!“

„Die Nummer habe ich selbst gesehen! Das andere hat der Kommissar erzählt.

Über dieses andere konnte Erna nachsinnen.

In des Vaters Schlafzimmer hatte der Kommissar die Kleider gefunden, die der getragen hatte, der der Mörder sein mußte.

Aber dann müßte ihr Vater den Mord verübt haben! Und das war nicht möglich!

Was dann? Diese Frage lag wie eine drückende Last auf ihr, die sie nicht abwälzen konnte. Nun aber stand ihr das eine klar vor den Augen, weshalb niemand den Weg zu ihr gefunden hatte, weshalb ihr niemand Trost brachte. Sie wußte, daß sie ganz allein war, daß sie keinen Freund und keine Freundin hatte.

Sie dachte dabei an Gebhart, den sie um Hilfe für die Schuldlosigkeit des Vaters ersucht hatte! Vielleicht glaubte auch dieser nicht daran?

Während sie sich vorher nach Menschen gesehnt hatte, zu denen sie von ihrem Leid hätte sprechen können, empfand sie es jetzt als eine Qual, als Esdeale unangemeldet bei ihr erschien.

Er war der Geschäftsteilhaber ihres Vaters; sie konnte ihn deshalb nicht abweisen.

„Gnädiges Fräulein, Sie wissen sicherlich schon davon?“ fragte dieser, während seine Augen mit stechendem Blick auf Erna Sontheimer ruhten.

„Allerdings, wenn Sie an die Verhaftung meines Vaters denken.“

„So ist es! Sie werden deshalb auch darüber im klaren sein, weshalb ich Sie aufsuche?“

In Erna lebte die schwache Hoffnung, er würde sein Vertrauen auf den Vaters' Schuldlosigkeit aussprechen; sie war aber sehr erstaunt, als er fortfuhr: „Nach diesem bedauerlichen Ereignis muß ich vor allem die Makellosigkeit der Firma wahren. Nur darauf muß ich Rücksicht nehmen. Und deshalb möchte ich Sie hiermit ersuchen, den Vater zu bestimmen, diesen Vertrag zu unterzeichnen. Er tritt aus dem Geschäft aus, während ich die alleinige Leitung übernehme. Das Geschäft steht zurzeit in sehr großen Verlusten. Ich will aber nicht als Erpresser dieser mißlichen Lage gelten und den treffenden Teilbetrag zur Tragung der fälligen Schulden fordern, sondern werde die Firma allein mit Aktiven und Passiven übernehmen.“

„Das könnten Sie doch am besten selbst mit ihm erledigen,“ warf Erna Sontheimer ziemlich enttäuscht dazwischen, denn sie hatte anderes erwartet. „Das geht nicht! Man würde mir den Vorwurf machen, ich hätte den unglücklichen Mann dazu gepreßt und, was das Schlimmste wäre, man könnte Ihren Vater beschuldigen, er habe zurücktreten müssen. In diesem Falle aber ist sein Austreten ein freiwilliges. Sie werden das verstehen?“

Und Erna glaubte daran.

„Lassen Sie den Vertrag hier! Ich werde Ihren Wunsch erfüllen.“

Dann entfernte sich Frank Esdeale; und er hatte dabei nicht ein Trosteswort gefunden. Nicht mit einem Worte hatte er zu erkennen gegeben, daß er an die Schuld ihres Vaters nicht glauben könnte. Sein Benehmen ließ viel eher das Gegenteil vermuten.

So war sie also ganz verlassen! Sollte sie dabei nicht verzweifeln?

Aber ihr Gottvertrauen war zu groß! Nein, sie mußte ausharren, durch Nacht zum Licht, einmal mußte die Wahrheit siegen.

Aber auch der Peiniger Esdeales war nicht müßig. Als dieser in seinem Privatkontor war, trat sofort Rudi Tornay ein. Heuchlerisch wie eine Schlange war er herangekommen und seine Stimme klang süßlich und doch lauernd.

„Es gehen ja alle Wünsche in beste Erfüllung."

„Ach, Sie sind es, Tornay! Was wünschen Sie?"

„O, nicht viel, verehrter Herr Chef. Nur eine kleine Frage möchte ich mir erlauben! Sonst nichts

„Was soll es sein?"

„Wie lange soll der Name Sontheimer noch in der Firma stehen?"

„Ich denke immer!"

„So? Dann war es nicht notwendig, die Dinge auszuklügeln. Sie wissen doch, woran ich dabei denke! Man spricht nicht gern davon, wenn andere gestrauchelt sind. Über das Strafgesetzbuch gestrauchelt."

„Ich weiß nicht, was Sie damit meinen. Sie reden mit mir oft in einer Art, die ich nicht dulden kann. Sie sind nicht auf Lebenszeit zum ersten Buchhalter ernannt worden."

„Das ist auch meine Ansicht! Es soll Leute geben, die vom ersten Buchhalter bis zum Teilhaber avancieren."

„Möglich! Sie denken doch nicht daran?"

Die Augen Tornays hatten ein schillerndes, grünliches Leuchten.

„Ich denke an so mancherlei. Hans Sontheimer ist im Gefängnis. Aus irgendeiner Veranlassung wurde er verhaftet, die Sie weiter nicht bekümmern kann. Nicht wahr! Er wird nun aber freiwillig sehr bald aus der Firma austreten, damit diese nicht Schaden leidet. Es ist dies eine verteufelt schlaue Kalkulation! Gerade jetzt. Aber ich denke; die Firma müßte doch immer zwei Teilhaber tragen, und Esdeale & Tornay wäre auch nicht übel!"

Esdeale hatte ihn nicht unterbrochen; erst da Tornay schwieg, antwortete er scheinbar ruhig: „Sie reden so viel! Fassen Sie sich doch kürzer und deutlicher."

„Ich meinte nur, wenn es ein unglückseliger Zufall so fügte, könnte auch der Teilhaber Esdeale in das Gefängnis ziehen müssen. Dann hätte die Firma gar keinen Namen."

„Ganz deutlich gesagt: Sie wollen mich erpressen," erklärte Esdeale darauf.

„Sie können es so nennen!"

„Was fordern Sie?"

„Ich werde Ihr Teilhaber bei gleichem Gewinnanteil, wenn Sontheimer ausgetreten ist."

„Welche Garantie geben Sie mir dafür, daß Sie mich schließlich nicht auch noch hinausdrängen?"

„Ich weiß ein noch besseres Unternehmen als das Ihre!" erklärte Tornay.

„Dann könnte ich mir die Sache ja etwas überlegen," war Esdeales Antwort. –

„Aber ich bin nicht für langes Warten."

„Ich weiß es."

„Ich kann ja einstweilen den Vertrag der neuen Gesellschaft Esdeale & Tornay entwerfen."

Sontheimers Geheimnis

Schon zu wiederholten Malen war Hans Sontheimer zu einem Verhör vorgeführt worden, das aber stets den gleichen negativen Erfolg brachte. Als ihm der Fund der Dienstmannskleidung in der Ofenröhre seines Schlafzimmers zum Vorhalt gemacht worden war, da hatte er wie immer geantwortet:

„Ich kann mir selbst keine Erklärung dafür geben."

Bei dieser Aussage beharrte er.

So oft es Staatsanwalt Wadricza versucht hatte, ihn zu einem Geständnis zu bringen, war dies stets ohne Erfolg, denn er mußte immer wieder das nämliche von ihm hören:

„Wie sollte ich etwas gestehen, woran ich in meinen schlimmsten Träumen nie gedacht hatte."

Dieses verstockte Leugnen, wie es der Staatsanwalt nannte, konnte aber dessen Absichten nicht hintanhalten. Die Beweise lagen wider Sontheimer in erdrückender Fülle vor und das hatte ihn bestimmt, den Fall Sontheimer nunmehr zur öffentlichen Anklage zu bringen.

In dieser Zeit hatte Erna Sontheimer wiederholt versucht, bei dem Staatsanwalt eine Erlaubniskarte zu erhalten, um den Vater sprechen zu dürfen. Das war ihr aber stets verweigert worden. Nie hatte der Staatsanwalt dafür Gründe angegeben; nur beim letzten Male hatte er sich zu der Bemerkung hinreißen lassen:

„So lange der Angeklagte bei seinem fruchtlosen Leugnen beharrt, kann ich niemanden bei ihm vorlassen. Das geht nicht!"

Seitdem hatte Erna Sontheimer nie wieder den Versuch gemacht.

Ihr Vater konnte nichts gestehen! Weshalb denn immer bitten und bitten.

Einmal wurde er ja doch frei!

Den Vertrag, in dem er seinen Austritt aus der Firma unter den vorgeschlagenen Bedingungen erklärte, hatte sie mit einem Begleitbrief an ihn gesandt. Als er die tröstenden Zeilen seines Kindes las, da kollerten dicke Tränen über seine Wangen. In diesen Zeilen stand ja für ihn der mächtigste Trost, der ihm gegeben werden konnte: Der Glaube seines Kindes an seine Schuldlosigkeit.

Das hatte ihn wieder aufgerichtet. Das hatte ihm den Mut wiedergegeben, da er schon nahe der Verzweiflung war.

Noch war nichts verloren!

Er selbst wußte, daß er an dem Verbrechen schuldlos war, dessen man ihn bezichtigte.

Als er dann die von Frank Esdeale geschriebene Erklärung las, laut der er auf alle seine weiteren Rechte verzichten sollte, da ballten sich seine Fäuste und er murmelte zornige Worte vor sich hin.

Dieser nur hatte ihn vernichtet! Das war das Ziel, das Esdeale lange schon erstrebt hatte.

Mußte er denn das wehrlos ertragen?

Es war ein harter Seelenkampf, den Sontheimer zu bestehen hatte.

Er prägte sich deutlich in seinem Gesicht aus. Dann aber unterschrieb er die Urkunde, die den Namen Sontheimer aus der alten und geachteten Firma strich.

Träge und langsam krochen in der Einsamkeit seiner Zelle die Stunden dahin.

Dann stand er lange unter dem kleinen Fenster und blickte sehnsüchtig nach dem kleinen Stück blauen Himmels empor; oder er folgte dem Widerschein des Sonnenstrahls an der Wand, der bedachtsam jeden Tag den gleichen Weg über die kahle Zellenmauer hinwegkroch.

Dabei träumte er.

Ein weißblonder Lockenkopf mit braunen Rehaugen. Seine Erna! Ob er diese noch einmal als freier Mann sehen würde? Frei und makellos von jeder Schuld! Daß niemand auf ihn deuten durfte, daß er wieder den Kopf hoch tragen durfte, wie ehedem!

„Hatte er dazu ein Recht? Ein Recht vor sich selbst? Wenn er sich prüfte!

Dann! Ja! Dann!

Es rächt sich jede Schuld! Früher oder später!

Schuldlos war er an der Tat, deren man ihn anklagte. Aber die Qualen, die er jetzt ertragen mußte, waren diese auch unverdient?

Da schüttelte er verneinend den Kopf mit den weißen Haaren.

Ein Klirren von Schlüsseln störte ihn aus seinem Sinnen auf. Die schwere Eisentür wurde geöffnet und in mürrischem, ärgerlichem Tone rief der Wärter in die Zelle hinein:

„Marsch! Wieder einmal zum Verhörzimmer, Das scheint auch kein Ende zu nehmen. Es wäre auch besser, Sie würden einmal die Wahrheit sagen, damit wir Sie endlich losbekommen."

Hans Sontheimer schwieg und folgte gehorsam dem Aufseher, der ihn mit einem Stoß in den Rücken zu eiligerem Vorwärtsgehen drängte.

Etwas überrascht war Sontheimer, als er im Verhörzimmer nicht dem Staatsanwalt Wadricza gegenüberstand, wie er erwartet haben mochte, sondern dem ehemaligen Kommissar Steinherz, den er sofort wiedererkannte.

„Sie sind doch schon davon verständigt worden, daß bereits die Anklage gegen Sie erhoben wurde."

„Ja!"

„Es wird also in kürzester Zeit die Verhandlung gegen Sie stattfinden."

„Eine Verhandlung?"

„Ja! Ich muß Ihnen aber auch erklären, daß nach dem jetzigen Stande der Angelegenheit Ihre Verurteilung erfolgen wird! Die Beweise, die gegen Sie vorliegen, wurden Ihnen schon wiederholt zum Vorhalte gemacht."

Jetzt, da Sontheimer die Entscheidung so nahe wußte, da war er doch erblaßt.

Was Steinherz zu ihm gesagt hatte, das mußte er anerkennen.

Alles sprach gegen ihn! Dann aber wurde er als Mörder verurteilt. Als Mörder! Und es lag auf ihm der Fluch dieser Tat.

„Ihre Tochter Erna glaubt nicht an Ihre Schuld. Sie hat mir den Auftrag erteilt, den Beweis Ihrer Schuldlosigkeit zu erbringen. Das ist aber nur dann möglich, wenn Sie mich dabei unterstützen."

„Mir kann niemand helfen! antwortete der Verhaftete mit tonloser Stimme. „Der Glaube meines Kindes allein kann mich nicht retten."

„Ich selbst bin des gleichen Glaubens."

„Sie? Wäre das möglich? Sie denken nicht, wie die anderen alle? Und die Ähnlichkeit? Die Dienstmannskleidung in meinem Schlafzimmer."

„Scheinbeweise!"

„Dann brauche ich nicht zu verzagen."

„Nein! Aber wenn ich helfen soll, dann müssen Sie mich unterstützen."

„Wenn ich es kann."

„Wo waren Sie am Vormittag des 22. Juni?"

„Ich kann es nicht sagen!"

Hans Sontheimer blieb standhaft; ein starrer Trotz lag auf seinem Gesicht.

„Ich kann Sie nicht zwingen; aber das eine dürfen Sie mir nicht versagen, daß Sie jede meiner Fragen mit einem wahrheitsgemäßen Ja oder Nein beantworten."

„Ich weiß nicht, ob ich es tun kann!" erklärte Sontheimer, der sich damit einen Rückhalt decken wollte.

„Ich weiß vieles und habe noch nicht darüber gesprochen. Wie ich nur zu Ihnen davon reden werde, so wird niemand davon erfahren, was Sie mir verraten. Ich muß es wissen, damit ich weiß, ob ich der richtigen Fährte folge."

Aber der Verhaftete, der schon so vieles hatte ertragen müssen, war nicht frei von Mißtrauen. Konnte das nicht eine Falle sein, in die er gelockt werden sollte?

„Was wissen Sie?" fragte er nach einer Pause der Überlegung.

„Sie waren an dem Vormittag bei einer Sterbenden, die für Sie gar nicht mehr Zeugnis geben könnte, denn in der nämlichen Nacht ist diese in Ihrer Gegenwart gestorben. Sie selbst haben dieser Ärmsten die Augen zum ewigen Schlaf zugedrückt."

Hans Sontheimer war erschrocken zurückgewichen und streckte beide Hände gegen Steinherz aus, als könnte er damit die Worte ungehört machen.

„Das wissen Sie?" schrie er gellend auf.

„Ja!" antwortete dieser in gleicher Ruhe. „Aber nur ich! Ich kenne das Geheimnis der toten Maria Forster."

„Der Name! Wer hat es Ihnen verraten?"

„Ich weiß, was Sie zu dieser Toten führte."

„Ich fürchte Sie!"

Ganz leise hatte es Sontheimer gesagt, denn er mußte hören, was er allein zu wissen glaubte. Die Vergangenheit, die er nun begraben wähnte, begann nochmals aufzuleben.

„Was wir jetzt besprechen, hört niemand außer uns beiden. Niemand wird je etwas davon erfahren."

„Und Erna?"

„Auch sie nicht."

„Um meines Kindes willen habe ich geschwiegen."

„Deshalb durften Erna Sontheimer und Robert Willig kein Paar werden."

„Sie wissen es also?“

„Ich weiß, daß Hans Sontheimer mit Maria Sontheimer, einer geborenen Andersson, vermählt war. Aber schon im zweiten Jahre der Ehe hatte sie den Gatten betrogen. Ein Kind war die Frucht dieses Ehebruchs. Dieses Kind war Robert Willig.“

Aufstöhnend war Hans Sontheimer auf einem Stuhl zusammengebrochen und hatte sein Gesicht mit beiden Händen bedeckt.

„Dieses Kind hat der Vater Emil Willig zu sich genommen. Sie aber haben ihr verziehen und sie nochmals zu sich genommen. Nach zwei Jahren gebar sie Ihnen Ihre Tochter Erna. Erna und Robert Willig waren Geschwister von einer Mutter. Nach Ernas Geburt ist aber Maria Sontheimer nicht gestorben, sondern mit einem anderen entflohen. Sie beweinten nicht die Tote, sondern eine Verlorene. Das Bild in Ihrem Zimmer zeigt keine Tote! Maria Sontheimer, die sich dann Maria Forster nannte, war immer tiefer gesunken, bis sie im Schmutze der Großstadt endete. Aber sie hat Sie nochmals an ihr Sterbebett gerufen, und dort haben Sie ihr verziehen und dort haben Sie der Sterbenden die Augen zur ewigen Ruhe zugedrückt.“

Eine qualvolle Stille folgte, die nur von dem schweren, keuchenden Stöhnen Sontheimers unterbrochen war. Dann aber blickte er auf, gewaltsam reckte er sich und sagte dann:

„Das ist die Geschichte. Aber nicht sie allein war schuldig, sondern auch ich hatte gefehlt. Ich war als Gatte nicht, wie ich hätte sein sollen. Doch das ist nun begraben und vergessen. Als sie dann für immer verloren war, da erst begann ich sie zu lieben. Und mein Kind lernte die Tote ebenso sehr lieben. Hätte ich nun das Bild der Mutter, das ich im Herzen Ernas errichtet hatte, zerstören sollen? Hätte ich sagen sollen, Robert Willig ist Dein Bruder, denn Deine Mutter war eine Ehebrecherin? Ich hätte es nicht gekonnt! Oder sollte ich vor dem Gericht eine jetzt Tote, die nicht mehr sprechen konnte, anklagen, nachdem ich ihr am Totenbette noch gelobt hatte, ihr Kind dürfe nie etwas von ihrer Schuld erfahren?“

„Ich kann es verstehen!“

„Wie aber hatten Sie das wissen können?“

„Teils hatte mir Emil Willig erzählt, teils gaben die Polizeiakten der toten Maria Forster Aufschluß. Als ich das wußte, und Tag und Stunde des Todes von Maria Forster, da konnte ich mir alles so zusammenstellen, wie es gewesen sein mußte.“

„Aber nie darf es Erna hören.“

„Kein Mensch! Jetzt aber besteht sicherlich kein Hindernis mehr, daß Sie auch alle weiteren Fragen beantworten!“

„Fragen Sie!“

„Wußte noch jemand von dem Vorleben der Toten?“

„Nur einer!“

„Wer?“

„Frank Esdeale.“

„Woher wußte er das?“

„Er war bei Emil Willig Bureauleiter, als die Vorfälle sich abspielten.“

„Das heißt, er wußte, daß Robert Willig und Erna die Kinder einer Mutter waren.“

„Ja!“

„Sonst nichts?“

„Es war ihm auch bekannt, daß sie nach Ernas Geburt mit einem Musiker geflohen war. Von der Maria Forster wußte er nichts.“

„Wußte er nichts davon, wo Sie an dem Vormittag waren?“ fragte der Detektiv weiter.

„Aber er hatte seine Kenntnis ausgenützt.“

Hier zögerte Sontheimer etwas.

Steinherz erklärte dann:

„Wie wäre sonst aus dem Bureauleiter bei Willig der Teilhaber des Hauses Sontheimer geworden?“

Erst jetzt nickte Sontheimer zustimmend.

„Ja! Ich mußte ihm allein die geschäftliche Leitung übertragen.“

„Was war die Folge?“

„Esdeale hat Hunderttausende für sich aus dem Geschäft gezogen. Ich kam dahinter und stellte Esdeale zur Rede. Da versprach er, diese Fehler im Kassenbestand, die den Konkurs unbedingt zur Folge hatten, aufzuheben. Später dann schien alles wieder in Ordnung! Wie er das fertig gebracht hat, weiß ich nicht! Aber ich hatte das Schlimmste befürchtet. Und dies gestand er schließlich zu, wobei er die Schuld auf mich wälzte. Er erklärte, ich hätte ihn dazu gezwungen. Dabei erkannte ich erst, welch unerbittlicher Feind mir Frank Esdeale stets gewesen war.“

„Was hatte er getan?“

„Bankanweisungen gefälscht.“

„Kamen diese nicht auf?“

„Nein!“

„Sie wußten es?“

„Ja! An dem gleichen Tage, als der Mord geschehen war, als ich von dem Sterbebett von Maria Forster gekommen war, da hatte er es mir gegenüber gestanden. Ich habe dazu geschwiegen, denn ich fürchtete, er könnte bei Erna alles verraten. So habe ich mich zu seinem Mitschuldigen gemacht.“

„Konnte er diese Fälschungen allein ausführen?“

„Nein! Ich fürchte, Rudi Tornay war sein Mithelfer. Tornay ist ein Nichtskönner und doch hat ihn Esdeale zum Bureauchef gemacht.“

„War Robert Willig irgendwie an diesen Geschäften beteiligt?“

„Nein!“

„Dieser konnte also bei dem verbrecherischen Treiben von Esdeale und Tornay keine Rolle spielen!“

„Nein!“

„Robert Willigs Mord kann also damit in keinerlei Zusammenhang stehen?“

„Das halte ich für ausgeschlossen.“

„Wie erklären Sie es sich, daß die Kleidung des Dienstmanns 849 in Ihr Schlafzimmer gekommen ist?“ fragte Steinherz unermüdlich weiter.

„Nur der Mörder kann sie dorthin geschafft haben,“ versicherte der Finanzier.

„Wer hatte Gelegenheit, ungestört in Ihr Schlafzimmer zu kommen?“

„Mein Diener! Schließlich auch jeder Besuch, der die Räumlichkeiten meiner Wohnung kannte.“

„Die Schrift des Brieffragments, das Ihnen vorgelegt worden war, ist Ihnen nicht bekannt?“

„Nein!“

„Wie hatten Sie von dem nahen Tode von Maria Forster Kenntnis erhalten?“

„Einige Briefzeilen ihrer zitternden Hand baten mich, sie aufzusuchen, um ihr vor dem Tode noch Verzeihung zu bringen.“

„Wer hat Ihnen den Brief übergeben?“

„Mein Diener Emil, der ihn von dem Postboten empfangen hatte.“

„Wann war das?“

„Am Abend des 21. Juni.“

„Wie lange steht Emil schon in Ihren Diensten?“

„Seit zwei Monaten.“

„Haben Sie vertrauen zu ihm?“

„Ja!“

„Ist Ihnen bekannt, welchen Verkehr Robert Willig hatte?“

„Häufig war er bei uns geladen. Sonst war er im Klub der Geselligen.“

„Gab es in seinem Leben etwas, was man einen dunklen Fleck nennt?“

„Mir ist nichts bekannt.“

Damit brach der Detektiv das Verhör ab.

„Habe ich jetzt soviel erfahren können, so werde ich auch das letzte Hindernis noch beseitigen. Der Weg, den ich noch machen muß, ist mir klar vorgezeichnet. Was er aber bringen wird? Hoffentlich die glücklichste Lösung.“

Dann war der Zellenwärter erschienen, der Hans Sontheimer wieder zurückführte, während Steinherz sinnend und grübelnd die Treppe hinunterstieg und das Gefängnis verließ.

Ein betrogener Betrüger

Ganz langsam schlenderten einige Tage später Emil Willig und Detektiv Steinherz auf der Straße dahin. Sie kamen eben aus dem Schwurgerichtssaal und sprachen nun in der aufgeregtesten Weise miteinander.

Besonders Emil Willig war sehr erregt.

„Ich hatte es gleich gesagt. Ich habe nie daran geglaubt. Aber Sie müssen den Mörder herbeibringen. Haben Sie die Zeitungen gelesen? Alle bringen sein Bild, alle beschreiben genau den Verlauf der Mordtat, einige bringen Illustrationen, wie die Tat begangen ist. Wer glaubt heute an seine Schuldlosigkeit? Niemand! Kein Mensch!“

„Heute dauert die Verhandlung noch den ganzen Tag,“ warf Steinherz dazwischen. „Morgen beginnt das Plaidoyer des Staatsanwalts, dann das des Verteidigers. Vor morgen nachmittag wird das Urteil nicht gesprochen werden. Das ist noch eine Frist von mehr als vierundzwanzig Stunden.

„Aber Sie haben in nahezu zwei Monaten nichts erreicht! Was wollen Sie in vierundzwanzig Stunden erzielen?“

„Alles!“ versetzte Steinherz. „Sie vergessen das Wichtigste. Unter welchen Schwierigkeiten mußte ich die Vorgeschichte von Robert Willig erfahren? Welche Mühe hatte ich damit, ausfindig zu machen, wo Sontheimer während der Tat gewesen war!“

„Das wissen Sie? Weshalb sagten Sie das nicht? Dann muß er ja freigesprochen werden.“

„Er hat mir das Ehrenwort abgenommen, daß ich das nie verraten darf. Damit darf ich ihn nicht retten, obgleich ich ihn damit retten könnte.“

„Was wollen Sie dann?“

„Noch darf ich nicht reden!“

„Haben Sie wenigstens Hoffnung?“

„Die größte!“

„Wie schade ist es um ihn! Sontheimer war ein großer Geschäftsmann. Dieser Frank Esdeale war sein Ruin.“

„Was wissen Sie darüber?“

„Alle Welt spricht davon. Seit Sontheimer von der Firma zurückgetreten ist, hat sich Esdeale mit dem unfähigsten Menschen, mit einem gewissen Tornay zusammengeschlossen. Gestern hat Frank Esdeale seine Zahlungsunfähigkeit angemeldet, denn sein Teilhaber hat schon nach der ersten Woche mit allen Kassenbarbeständen das Weite gesucht; vorher hatte er die Teilhaberschaft nur dazu benützt, ohne Wissen Esdeales alle ausständigen Gelder und Hypotheken zu kündigen und einzuziehen.“

„So hat also Esdeale, der Sontheimer hatte meistern wollen, selbst seinen Meister gefunden.“

„So ist es!“

„Esdeale hat sicherlich Sontheimer betrogen; aber Gleiches wurde mit Gleichem vergolten."

„Hat Sontheimer alles verloren?"

„Nein! Sontheimer mag durch Esdeale vier- oder fünfhunderttausend Mark eingebüßt haben; es sind dies etwa zwei Drittel seines Vermögens. Was ihm also noch verblieben sein wird, das macht ihn noch immer zu einem reichen Manne."

Steinherz nickte.

Sie waren vor dem Hause angekommen, in dem Erna Sontheimer wohnte. Der Detektiv blieb vor dem großen Torbogen stehen und sagte zu Willig:

„Hier trennen sich unsere Wege. Ich habe noch dort oben zu tun."

„Aber Sie sind doch nachmittags wieder in der Verhandlung?"

„Ich glaube nicht! Ich habe Wichtigeres zu tun."

„Wenn es nur von Erfolg wäre. Ich beginne schon selbst zu zweifeln."

Aber Steinherz antwortete nicht mehr; er war schon in dem Hause verschwunden und eilte die Treppe empor.

Emil, der Diener, hatte ihm geöffnet und ihn in den Salon geführt.

Dort fand er Erna Sontheimer vor.

Aber welche Änderungen waren bei dieser hübschen Mädchenblüte vorgefallen?

Die Wangen waren hohl und blaß; in tiefen Höhlen lagen die rotentzündeten Augen, die Lippen zuckten stets wie in bebender Angst.

„Herr Gebhart hat mich hierher geschickt," begann Steinherz, nachdem sich der Diener wieder entfernt hatte. „Ich soll mich nach Ihnen erkundigen!"

Für einen Augenblick brannte ein heißeres Rot auf ihren Wangen, das aber sofort wieder verflüchtete.

„Ach danke! Wie soll es mir gehen, wenn ich weiß, was mein Vater schuldlos erdulden muß!“

„Darüber soll ich Ihnen Trost bringen. Wir sind am Ziele!“

„Ich habe jede Hoffnung verloren.“

„Das dürfen Sie aber nicht. Ich darf Ihnen nicht allzuviel verraten; aber das dürfen Sie wissen: Wir werden heute, spätestens in dieser Nacht, Ihrem Vater die Ehre wiedergeben können.“

Steinherz verstand ausgezeichnet, wider sein Wissen zu reden; er wußte es ganz genau, daß Michael Gebhart zu Hause saß und noch mehr verzagt war als Erna Sontheimer; er wußte auch, daß Gebhart nichts von dem ahnte, was er selbst zur Durchführung bringen würde, aber es war für Steinherz doch selbstverständlich, daß er von sich und Gebhart sprach.

Wir! Das war die Firma.

Zudem mochte er doch nichts von der trostlosen Verzweiflung Gebharts erzählen.

Er wußte auch aus welchen Gründen.

„Nur einige Fragen muß ich an Sie richten,“ begann der Detektiv wiederum.

„Wenn ich sie beantworten kann.“

„Sehr leicht! Sind Sie für diesen Nachmittag auch als Zeuge geladen?“

„Ja! Auch für morgen.“

„Wie viele Dienstboten sind im Hause?“

„Emil, der Diener, Jakob, der Hausbursche, Marie, meine Zofe, eine Köchin und ein Dienstmädchen.“

„Sind diese auch als Zeuge geladen?“

„Ja!“

„Wann?“

„Für morgen!“

„Dann ist ja morgen kein Mensch in der ganzen Wohnung.“

„Allerdings nicht!“

„Das ist aber sehr gut!“

Da fragte Erna Sontheimer ganz erstaunt:

„Wieso?“

„Ach, ich dachte nur so!“

„Wie wird der Schiedsspruch des Gerichtes lauten? Morgen um diese Stunde wird es vorüber sein. Ich bin in Todesängsten.“

„Wir hoffen das Beste. Das läßt Ihnen Herr Gebhart melden.“

„Sagen Sie ihm, daß ich ihm danke, vor allem aber danke, weil er stets an die Schuldlosigkeit des Vaters geglaubt hat.“

„Wir haben nie daran gezweifelt.“

Dabei dachte er natürlich an sich und die Firma; bei Gebhart wäre er seiner Sache doch nicht so sicher gewesen.

Im Erdgeschoß machte Steinherz noch einen Besuch, nachdem er sich von Erna Sontheimer verabschiedet hatte; dort wohnte Frank Esdeale.

Dieser kannte den Detektiv bereits und empfing ihn mit nicht zu großer Freundlichkeit; aber Steinherz pflegte dem keine allzugroße Beachtung zu schenken, und ohne erst aufgefordert zu werden, setzte er sich gleich in den bequemsten Stuhl.

Seit Tornay mit allen Geldern durchgegangen war und Esdeale seine Insolvenz hatte erklären müssen, hatte Frank Esdeale ein schlechtes Gewissen, das ihn zwang, stets Freundlichkeit zu heucheln.

„Mit der Firma Esdeale & Tornay ist es jetzt zu Ende. Das war natürlich nicht anders zu erwarten. Wenn sich zwei Lumpen zusammenfinden, so ist stets einer davon der Betrogene. Diesmal waren Sie es.“

„Mein Herr, wie können Sie sich solche Beleidigungen erlauben?“

„Keine künstliche Aufregung!“ wehrte Steinherz ab. „Sie bekommt Ihnen nicht. Also Tornay ist durch! Demnach muß man sich an Sie allein wenden. Die Bankscheine der Süddeutschen Bank haben Sie gefälscht!“

„Ich! Welche? Von was reden Sie?!“

„Ich habe die Bankscheine 2437 bis 2589 im Auge. Sie können sich doch noch an die Zahlen erinnern!“

Esdeale biß die Zähne auf die Lippen. Diese Zahlen kannte er allerdings; aber immer noch schwieg er trotzig.

Doch mit gleichgültiger Ruhe fuhr Steinherz fort:

„Ich habe alle falschen Scheine eingelöst. Ich habe Sie hier in meiner Tasche.“

Dabei holte er sie hervor und blätterte sie durch.

„In wessen Auftrag dies geschehen ist, das kann Ihnen jetzt egal sein. Es dürfte für Sie genügend sein, daß ich zu jeder Minute Ihre Verhaftung durchsetzen kann.“

„Was wollen Sie von mir? Ich bin nicht allein der Schuldige.“

„Vor allem möchte ich, daß Sie sich manierlicher benehmen. Der andere Schuldige war schlauer als Sie; er ist geflohen.“

„Und Sontheimer?“

„Er hat dies alles erst erfahren, als es schon geschehen war; aber um bald zu einem Ende zu kommen: Ich will Sie nicht ruinieren! Geld haben Sie keines. Geschehen kann Ihnen nichts, da Ihre Insolvenz nur die Folge der Unterschlagungen Tornays ist. Es sind Ihnen lediglich diese Bankscheine gefährlich. Aber Sie können sich retten, wenn Sie den wahrheitsgemäßen Bericht mit Ihrem Namen unterzeichnen, das heißt also, daß Sie mit Tornay die Fälschungen durchführten, während Sontheimer erst nachträglich Kenntnis erhielt; dann erhalten Sie ein Reisegeld von zwanzigtausend Mark. Damit können Sie nach Amerika oder in das Land, wo der Pfeffer wächst.“

Esdeale schien zu überlegen.

Steinherz wartete nur kurze Zeit.

„Ich habe heute noch zu tun."

„Es ist mir zu wenig."

Da stand der Detektiv auf und nahm seinen Hut vom Tische.

„Gut! Adieu!"

„Wo wollen Sie hin?" rief ihm Esdeale nach.

„Zum Staatsanwalt."

„Ich – ich bin ja damit zufrieden."

„Gut!"

Jetzt legte Steinherz ein Schriftstück zur Unterzeichnung vor.

„Sie verpflichten sich darin lediglich, Herrn Sontheimer in der Ihnen ja bekannten Angelegenheit weiter nicht mehr zu belästigen. Sollte es nur noch ein einziges Mal geschehen, so wird der Fall dem Staatsanwalt vorgelegt."

Esdeale erfüllte auch dieses Verlangen und dann erst erhielt er von dem Detektiv die zwanzigtausend Mark ausbezahlt.

Als ihn Steinherz dann verlassen hatte, murmelte er ziemlich vernehmlich vor sich hin:

„Deshalb wird er doch enden, wo er hingehört. Am Galgen, wenn es schlimm kommt; im Gefängnis, wenn ihm das Glück günstig ist."

Steinherz hatte es gewußt. Als er bei Gebhart eintraf, da hatte er diesen so vorgefunden, wie er es geahnt hatte.

Verzweifelt! Verzweifelt an allem!

Der wahre Mörder

Der Zuhörerraum des Schwurgerichtssaales war überfüllt.

Eben hatte der Staatsanwalt in seinem Plaidoyer eine kleine Pause gemacht, um die einzelnen Beweispunkte, die er angeführt hatte und deren Bedeutsamkeit er dargelegt hatte, auf die Geschworenen einwirken zu lassen. Dann richtete er sich auf und begann mit erhöhter Stimme:

„Meine Herren! Hier haben Sie den bedeutsamsten Fall für die Wichtigkeit der Indizienbeweise. Die Anklage baut sich nur auf solchen auf, aber die einzelnen Beweispunkte schließen sich zu einer Kette, die keine Bruchstelle aufweist, keine Lücke. Im Strafprozesse sind die Indizienbeweise von größter Bedeutung, denn ohne diese kann fast niemals ein Schuldig ausgesprochen werden. Wenn ich auch zugestehe, daß Zufälle oftmals eingreifen, eine solche Beweiskette, wie in diesem Falle, kann nicht als Verkettung von Zufällen angesehen werden, wie es die Verteidigung darzustellen versucht. Vergleichen Sie und überlegen Sie alles! Zuerst die Momentaufnahme, die ein Zufall ermöglichte. Der Mann im offenen Fenster, der das Beil gegen sein Opfer schwingt, hat eine zu auffallende Ähnlichkeit mit dem Angeklagten; dieser hat zugestanden, daß nur er die Schlüssel zu der einsamen Villa hatte. Seine Weigerung, anzugeben, wo er zur kritischen Stunde weilte, ist ebenfalls sehr gravierend. Denken Sie auch an die Zeugenaussagen über den falschen Dienstmann Nummer 849. Die gegebene Beschreibung stimmt nur auf den Angeklagten. Die Zeugen konnten allerdings auf den Eid hin die Identität nicht bestimmt anerkennen; aber das vermag wohl keiner, das hat die erklärliche Ursache darin, daß sie kein Verbrechen vermuten konnten, als er mit ihnen zusammengetroffen war, weshalb sie nur noch Erinnerung für die augenfälligsten Merkmale – Haare und Bart – hatten, Sie selbst meine Herren, können sehen, wie sehr diese Merkmale auf den Angeklagten zutreffen. Zu allem kommt jetzt noch der bedeutendste Punkt, der entscheiden muß, wenn die bisherigen Ausführungen nicht genügen sollten: Im Schlafzimmer des Angeklagten, versteckt in der Ofenröhre, wurde die Dienstmannskleidung gefunden. Wenn der

Angeklagte begreiflicherweise nichts davon wissen will, wie diese dorthin gelangt sein könnte, so spricht die Tatsache des Fundes mehr als dieses Leugnen. Wenn Sie, meine Herren Geschworenen, das Rechtsgefühl im Volke, das es zu den Gerichten hat, nicht für immer untergraben wollen, dann müssen Sie ein Schuldig aussprechen, denn sonst wäre die Wirksamkeit vorliegender Indizienbeweise, für alle späteren Rechtsfälle hinfällig gemacht. Ich darf es hier wohl aussprechen: Das Volk sieht in dem Angeklagten den Schuldigen, das Volk erkennt diese schwerwiegenden Beweise, die nicht entkräftet werden konnten, das Volk hat gerichtet. Auch Sie werden daher erkennen, wie die Gerechtigkeit es fordern muß, ein Schuldig für den Angeklagten."

Der Staatsanwalt schwieg.

Für einen Augenblick herrschte in dem großen Saale des Schwurgerichts atemlose Stille.

Da kam der Gerichtsdiener eiligst auf den Präsidenten des Gerichtshofes zugelaufen und raunte diesem eine Meldung zu. Dieser schüttelte erst etwas ungläubig den Kopf, dann erhob er sich, und verkündete:

„Es wird mir eben noch ein Zeuge von größter Wichtigkeit gemeldet. Haben Sie, Herr Staatsanwalt, etwas dagegen, wenn dieses Verhör noch durchgeführt wird?"

„Nein! Es wird an meinen Ausführungen nichts mehr ändern können."

Wenn auch niemand an eine solche Möglichkeit glaubte, so hatte sich doch aller die größte Erregung bemächtigt, wer noch als Zeuge auftreten könnte, ehe das Gericht ein Schuldig erkannte.

Aller Augen waren nach der Tür gerichtet.

Detektiv Steinherz war eingetreten; ihm folgte ein kleines Männchen mit verrunzeltem Gesicht, aber mit noch lebhaften Augen.

Als der Staatsanwalt den ehemaligen Kommissar erkannte, da mochte er für einen flüchtigen Augenblick im Zweifel sein. Aber dann hielt er doch ein anderes Ende für unmöglich.

„Haben Sie diesen Zeugen ausfindig gemacht?“ wandte sich der Präsident an Steinherz.

„Was soll dieser Zeuge bekunden?“

„Darf ich nach Beeidigung des Zeugen die Fragen stellen?“

„Ein Gerichtsbeschluß muß hierüber entscheiden.“

Nach einer kurzen Besprechung wurde ein zustimmender Entschluß verkündet und dann die Beeidigung des Zeugen vorgenommen.

Zuerst wurde nach dem Namen und dem Beruf des neuen Zeugen gefragt.

„Friedrich Helldorfer, Perückenmacher!“

Dann übernahm Steinherz die Fragestellung.

„Wo üben Sie Ihr Geschäft aus?“

Der Gefragte nannte ein kleines Städtchen, das in der Nähe von Auhof und nahe bei der großen Stadt gelegen ist.

„Weshalb haben Sie sich als Zeuge nicht früher gemeldet?“

„Ich kann nicht lesen und wußte nichts von den Vorfällen.“

„Sie haben aber erzählen gehört?“

„Ja! Aber es hat doch kein Mensch von den Perücken gesprochen.“

„Von welchen Perücken?“

„Die ich geliefert hatte.“

„Erzählen Sie davon!“

„An einem Abend war ein Mann bei mir erschienen, der eine Perücke und einen falschen Bart kaufen wollte. Er gab an, es wäre für eine Theatervorstellung. Ich legte alles vor, was ich auf Lager hatte; er wählte dann eine dunkle Perücke und langen Vollbart, der bis auf die Brust reichte.“

„Wann war das?“

„Am 21. Juni."

„Wie sah dieser Mann aus?"

„Groß! Er hatte ein bartloses Gesicht."

Jetzt ließ Steinherz dem Zeugen die Photographie vorlegen und fragte:

„Waren Bart und Perücke so wie hier auf dieser Aufnahme zu erkennen ist?"

„Ja!"

„Was geschah weiter?"

„Nach zwei Tagen kam dieser Unbekannte wiederum. Er brachte mir Perücke und Bart zurück und erklärte, er müsse diese genau in der Form wiederhaben, aber weiß; er müsse einen Greis darstellen. Da ich für mehrere Theater liefere, konnte ich auch seinen Wunsch erfüllen. Er bezahlte mich gut, ist aber seitdem nicht wiedergekommen."

„Sehen Sie den Angeklagten an!"

Der Zeuge blickte hin.

„So ähnlich waren Haare und Bart."

„Wenn jener Unbekannte die Perücke und den falschen Bart getragen hätte, konnte dann eine Ähnlichkeit zwischen dem Unbekannten und dem Angeklagten bestehen?"

„Ja!"

Nun trat eine kurze Pause ein, die der Staatsanwalt zu einer Entgegnung benutzte.

„Durch diese Aussage soll offenbar die Zeugenaussage über die Identität mit dem Dienstmann 849 entkräftet werden. Aber ich kann diesem nur die bedeutungsvolle Aussage über den Fund der überführenden Kleidung im Schlafzimmer des Angeklagten gegenüberstellen."

„Auch hierüber wird ein Zeuge Auskunft geben können," antwortete Steinherz.

„Welcher Zeuge?“

„Der gleiche, der über diese Perücken und falschen Bärte noch Aufschluß zu geben vermag! Jener Unbekannte selbst, in dessen Wohnung ich heute in seiner Abwesenheit eingedrungen war. Und in der Wohnung dieses Unbekannten habe ich in einem Schranke versteckt diese Perücke vorgefunden.“

Bei diesen Worten zog Steinherz aus seiner Rocktasche die Perücke eines Greises mit langem Barte. Als er diese vor sein Gesicht hielt, da zeigte sich die auffallende Ähnlichkeit der Haar- und Barttracht mit der des Angeklagten.

Da durchtobte ein gewaltiger Sturm die Reihen der Zuhörer. Wie vorher alle dem Staatsanwalt zugestimmt hatten, so riefen jetzt alle dem Detektiv zu. Aber wer war dieser Unbekannte?

„Wer?“

„Wo ist er?“

So wurde hin und her gerufen.

Detektiv Steinherz wandte sich den Reihen der Zuhörer zu, über die sein Auge suchend hinwegforschte.

Diese aber sahen nur auf den Detektiv und sie achteten gar nicht darauf, wie einer sich den Weg durch die Zuhörer zu bahnen suchte, wie er sich vorwärts drängte, wie er den Ausgang suchte.

Alle wichen aus, denn dadurch gewannen sie selbst eine bessere Stellung.

Aber Steinherz hatte es gesehen.

Seine Stimme klang hell und laut durch den großen Raum.

„Johann Forster, warum suchen Sie den Ausgang? Wollen Sie sich hier freiwillig als Zeuge melden?“

Ein Fluch antwortete.

Und ein Mann stieß mit den Armen die letzten zur Seite, die ihm den Weg vertraten, die hindernd vor dem Ausgang standen.

Auf diese Tür rannte er zu!

Und keiner hatte für den Augenblick die Geistesgegenwart, diesen Mann zurückzuhalten. Die augenblickliche Verwirrung, die auf die überraschenden Enthüllungen gefolgt war, hatte allen ein rasches Zugreifen und Handeln unmöglich gemacht.

„Johann Forster, ich klage Sie des Mordes an!" rief Steinherz dem Fliehenden nach.

Da hatte dieser auch schon die Tür aufgerissen, um zu entfliehen.

Doch Steinherz hatte vorgesehen.

Zwei Schutzleute hatten den Fliehenden mit starken Armen gepackt und ihm die Stahlfesseln angelegt.

Die Schutzleute hatte der Detektiv vor diesen Ausgang gestellt, ehe er selbst als Zeuge aufgetreten war.

Eine furchtbare Aufregung herrschte.

Raunen und Flüstern war wie das Toben einer Brandung.

Der Staatsanwalt war weiß geworden. Jetzt konnte er nicht mehr zweifeln, daß Steinherz ihm zuvorgekommen war, daß er selbst einen Schuldlosen angeklagt hatte.

Sontheimer hatte sich aufgerichtet.

Gefesselt stand er da. Seine Augen leuchteten auf. So war also doch die Rettung im letzten entscheidenden Augenblick gekommen.

Und noch ein Freudenschrei war laut geworden.

Erna Sontheimer!

Da führten die beiden Schutzleute den Gefesselten zur Tür herein.

Ein wilder Trotz und wilde Entschlossenheit war in dem Gesicht des Mannes zu erkennen.

Kaum hatte ihn der Perückenmacher gesehen, da rief dieser auch schon mit lauter Stimme:

„Dieser ist es! Dieser war bei mir und hat die Perücken gekauft!"

Sontheimer aber, der erst jetzt in das Gesicht des Gefesselten sehen konnte, rief fast gleichzeitig:

„Emil, mein Diener!"

„Er war es," rief dazwischen der Detektiv Steinherz, „der von den Schlüsseln zu der einsamen Villa einen Wachsabdruck genommen hatte; er konnte dort hineingelangen. Er war es auch, der die Kleidung des Dienstmannes in Ihr Zimmer geschafft hatte."

Der Präsident des Gerichtshofes wandte sich nun an den Gefesselten.

„Ihr Fluchtversuch ist gleich einem Geständnisse. Was haben Sie zu erwidern?"

„Nichts!"

„Sie gestehen also?"

„Ja!"

„Weshalb haben Sie den Mord begangen?"

In diesem Augenblick ereignete sich etwas, was am wenigsten erwartet worden war.

Während der Gefesselte ruhig seine Antworten gab, war er näher an den Richtertisch getreten; dadurch war er von den Schutzleuten entfernt.

Statt einer Antwort war er mit einem gewaltigen Sprunge nach dem Fenster geeilt.

Steinherz hatte es gesehen und folgte dem Manne sofort nach; aber es war schon zu spät.

Er hatte ihn nicht mehr packen können.

Mit dem Kopf nach vorn gebeugt, so hatte er das Fenster durchgestoßen. Klirrend brachen die Scheiben. Der schwere Körper sauste nach.

Ein gellender Schrei kam über alle Lippen.

Durch das Fenster brach der Gefesselte. Sein Körper fiel in die Tiefe hinunter.

Ein dumpfer, klatschender Auffall war bis in den Gerichtssaal herauf hörbar.

Als Steinherz dann in die Tiefe hinuntersah, da lag auf dem Steinboden eine tote, zerschmetterte Gestalt. Das Blut auf dem Boden leuchtete herauf. So hatte er sich selbst gerichtet!

Der Präsident verkündete in den herrschenden Tumult mit laut vernehmbarer Stimme:

„Dieser Zwischenfall kann nur das bestätigen, was der Selbstmörder noch zugestanden hat; dieser Johann Forster, wie ihn Detektiv Steinherz genannt hat, der unter dem Namen Emil Diener im Hause Sontheimers gewesen war, hat den Mord begangen, der Hans Sontheimer zur Last gelegt worden war. Über die Motive zu dieser Tat hat er nichts mehr gestehen können; darüber werden seine Lippen schweigen, bis sie vor einem ewigen Richter Rechenschaft ablegen müssen. Jetzt aber gilt es, den Urteilsspruch über Hans Sontheimer zu verkünden. Herr Staatsanwalt, welchen Antrag stellen Sie?“

Wadricza sprach ganz leise und sehr kurz: „Nach dem endgültigen Ergebnisse beantrage ich die Freisprechung des Beschuldigten.“

Schon nach einer Minute erschienen die Geschworenen wieder aus dem Beratungszimmer und der Obmann verkündete mit lauter Stimme:

„Das Geschworenengericht erkennt einstimmig auf Nichtschuldig!“

Und diesem Nichtschuldig jubelten jetzt die Zuhörer ebenso begeistert zu, wie sie kurz vorher noch den Ausführungen des Staatsanwaltes zugestimmt hatten.

Des Detektivs Triumph

Hans Sontheimer war frei, frei von jeder Schuld. Der wirkliche Mörder war entdeckt worden und der war der Schuldige, an den er am wenigsten gedacht haben mochte – sein Diener Emil, den Steinherz Johann Forster genannt hatte.

Wer war dieser Johann Forster? Weshalb hatte er Robert Willig ermordet und warum hatte er den Verdacht dieser Tat auf ihn gelenkt?

Mit diesen Fragen beschäftigte sich Hans Sontheimer, während er die Freilassung erwartete, die jede Minute erfolgen mußte.

Da erschien Detektiv Steinherz bei ihm.

Auf diesen eilte Sontheimer zu, faßte dessen Hände und drückte sie herzlich aus Dankbarkeit, denn nur diesem hatte er dieses Ende zu verdanken. Nur die unermüdliche Tätigkeit des Detektivs hatte die Überführung des Mörders noch im letzten Augenblick möglich gemacht.

„Ihre Freilassung wird soeben angeordnet. Ich habe Sie vorher noch aufgesucht, denn Sie werden viele Fragen zu stellen haben, die ich in Gegenwart anderer nicht beantworten kann."

„Wie haben Sie diese Spur ausfindig gemacht?"

„Nach unserer letzten Unterredung war ich sicher, daß Esdeale und Tornay mit dem Morde an Robert Willig nichts zu tun hatten. Ich mußte also eine andere Spur aufgreifen. Nun konnte jemand nur mit den richtigen Schlüsseln in die einsame Villa gelangt sein, ohne das Schloß zu verletzen. Der Mörder mußte also Gelegenheit gehabt haben, sich von den richtigen Schlüsseln Abdrücke zu verschaffen. Er mußte also in Ihrer Wohnung verkehren. Diese Annahme fand seine Bestätigung, als der Fund in Ihrem Schlafzimmer bekannt geworden war. Damals schon dachte ich an den Diener Emil."

„Ich aber hätte niemals solche Tat durch ihn vermutet," gestand Sontheimer zu, der aufmerksam den Ausführungen des Detektivs zuhörte.

„Aber dagegen standen zwei sehr bedeutungsvolle Bedenken. Der Diener war bartlos, der Mörder hatte ähnliche Haare wie Sie. Und aus welchem Grunde sollte Emil ein solches Verbrechen begangen haben, das ihm scheinbar keinen Vorteil bringen konnte. Auch kein anderes Motiv zur Tat war zu finden. Da die Ähnlichkeit der Haare und des Bartes so von Wichtigkeit wurde, da dies als entscheidendes Merkmal zur Überführung angeführt wurde, kam ich schließlich zu der Vermutung, daß es sich um eine Perücke und einen falschen Bart handeln müsse. Ich stellte daher bei allen Perückenmachern Nachforschungen an, bis ich erst am Tage vor der Verhandlung den richtigen Zeugen ausfindig machte. Nach seiner Schilderung konnte Emil, der Diener, jener Unbekannte sein, der die Perücken gekauft hatte. Meine Vermutung bestärkte sich; aber seltsam fand ich immer nur, daß dieser gar keine Veranlassung haben konnte. Wenn ich ein entscheidendes Resultat erzielen wollte, so konnte ich das nur durch eine Durchsuchung von dem Zimmer des Dieners erreichen."

Da Steinherz in seinem Berichte eine kurze Pause eintreten ließ, so sagte Sontheimer:

„Das konnten Sie nur in seiner Abwesenheit tun! Das geschah, während dieser bei der Verhandlung zugegen war. Dabei fanden Sie die Perücken?"

„So ist es!"

„Aber damit ist es doch noch unbegreiflich, weshalb er diese Tat begangen hat."

„Gewiß! Aber ich habe noch manches gefunden, das etwas Licht in das Rätsel bringt, wenn es auch keine volle Aufklärung zu geben vermag, die nur durch den nun Toten möglich gewesen wäre."

„Was war es?"

„Er hatte sich früher Johann Forster genannt; aber die Papiere, die ich noch vorgefunden hatte, zeigten mir, daß sein richtiger Name Johann

Andersson gewesen war. Er war also der Bruder von Maria Andersson, von Ihrer Gattin, die sich Maria Forster genannt hatte."

„Also deshalb?"

„Können Sie es sich erklären?"

„Vielleicht wollte er Rache üben, weil ich die Schuld an ihrem Untergang trug. Er mochte wohl daran glauben und wollte mich deshalb vernichten. Und fast wäre es ihm gelungen, mich seelisch und körperlich zugrunde zu richten."

Steinherz nickte.

„Rache! Das könnte die eine Veranlassung sein. Aber es gibt noch eine andere Möglichkeit. Wenn die Kinder seiner Schwester nicht mehr lebten, dann hatte er einen Erbanspruch. Denn Sie hatten diese nicht enterbt. Deshalb hatte erst Robert Willig sterben müssen, wie er es auch Ihrer Tochter bestimmt haben mag."

„Ob es das gewesen sein mag?"

„Vielleicht! Oder es leiteten ihn beide Absichten gemeinsam! Er allein könnte die Wahrheit angeben aber seine Lippen sprechen nicht mehr."

„Dann ist mit ihm also die ganze schreckliche Vergangenheit begraben."

„So ist es."

„Und Esdeale?" fragte Sontheimer etwas ängstlich. „Er weiß doch vieles, was er nicht wissen sollte. Wenn er davon meinem Kinde verriet?"

„Er wird es nicht! Sein Teilhaber Tornay ist ihm mit allen Geldern durchgegangen. Esdeale war deshalb mehr als froh, als ihm mit einer entsprechenden Geldsumme der Weg über das große Wasser möglich gemacht wurde. Die falschen Bankscheine wurden alle zurückgekauft. Esdeale hat durch seine Unterschrift seine Schuld zugestanden und sich zum Schweigen verpflichtet." –

„Das alles haben Sie für mich getan!" rief Sontheimer erstaunt. „Sagen Sie mir, wie ich Ihnen dafür danken soll."

„Diesmal sind es fremde Federn, mit denen ich mich schmücke. Daran trägt mein Teilhaber, Michael Gebhart, die Verantwortung."

„Aber ich kenne diesen Herrn doch gar nicht."

„Das schadet nichts! ist deshalb doch ein sehr netter Mensch."

„Weshalb hat er das für mich getan? Ich bin ihm doch ein Fremder!"

„Aber Ihre Tochter nicht."

Hans Sontheimer konnte eine solche Möglichkeit gar nicht erfassen, denn er konnte nicht wissen, daß es die Liebe war, die die Tat ausgeführt hatte."

Eine weitere Frage wurde abgeschnitten, denn der Staatsanwalt Wadricza war eingetreten; mit entgegenkommender Höflichkeit begrüßte er Sontheimer und auch den Detektiv.

„Ihre Freilassung wurde verfügt! Sie können jetzt gehen, wohin Sie wollen. Ich wollte Ihnen diese Nachricht bringen, da ich die Anklage gegen Sie führen mußte. Sie werden es verstehen, daß ich in meinem Berufe und nach der Lage der Sache so hatte handeln müssen. Wie ich als Mensch darüber denke, das kommt dabei niemals in Frage."

„Ich weiß es!"

„Lassen Sie mich Ihnen die Hand drücken. Sie haben das Schwerste ertragen müssen und sind dabei doch stark geblieben und haben über das geschwiegen, was Sie verschweigen wollten."

„Ich danke Ihnen! Mein erster Weg soll mich jetzt zu meinem Kinde führen."

Und Hans Sontheimer eilte davon, um in die Arme seiner Tochter zu kommen.

Staatsanwalt Wadricza und der ehemalige Kommissar standen sich nun allein gegenüber.

„Herr Staatsanwalt," sagte dann Steinherz mit einer ebenso höflichen wie ironischen Verbeugung, „in diesem Falle will es mir fast scheinen, als käme der, welcher die größte Eile zeigt, nicht immer als erster an das Ziel."

„Ein Zufallserfolg!"

„So rechnen Sie! Ich aber will keine Erfolge, wie ich keine Karriere machen will. Das ist ja dieser große Fehler in allen Ämtern. Alle wollen nur für sich Erfolge haben, alle wollen selbst Karriere machten und darüber wird das Amt vergessen, darüber weiß keiner mehr, daß er um der anderen willen sein Amt versieht. Die Gerechtigkeit wird nicht nach den Erfolgen schöner Reden bemessen, sondern danach, daß sie Recht erkennt, wo das Recht ist. Auf Wiedersehen, Herr Staatsanwalt."

Am Ziel

In freudiger Erwartung stand Erna Sontheimer in ihrem Zimmer.

Er war schuldlos!

Frei war er nun!

Und sie dachte dabei an den Mann, der das allein fertig gebracht hatte.

Dabei zeigte sich aber das Bild von Detektiv Steinherz nur in unklaren Umrissen, während sie Michael Gebhart deutlich vor sich sah.

Steinherz hatte die Lösung gebracht. Steinherz hatte den Mörder entdeckt, Steinherz hatte diesen überführt.

Schritte näherten sich und im nächsten Moment öffnete sich die Tür.

„Vater!"

„Erna!"

Da lagen sie sich in den Armen und hatten sich fest und innig umschlungen, damit sie nichts mehr trennen könne. Fast kein Wort wurde zwischen den zweien gesprochen; sie sahen sich nur immer wieder glückselig an.

Sie hatten sich ja wiedergefunden nach soviel Nacht und Elend.

Wie lange sie dieses Glück des ersten Wiederfindens genossen hatten, sie wußten es nicht, denn für die Glücklichen entschwindet Stunde und Zeit.

Steinherz und Michael Gebhart waren eingetreten. Steinherz trug die gewöhnliche, unscheinbare Kleidung wie immer; deshalb bildete Gebhart einen auffallenden Kontrast, denn er hatte sich in schwarze Wichs geworfen, trug eine weiße Krawatte und hielt krampfhaft die Angströhre in der Hand.

Sontheimer war sofort auf Steinherz zugeeilt und empfing ihn mit größter Herzlichkeit.

„Erna, nur diesem Manne haben wir diese glückliche Stunde zu verdanken. Wenn er nicht gewesen wäre, so hätten wir vielleicht diese frohe Stunde nicht erlebt."

Steinherz wehrte ab.

„Nicht mein Verdienst allein! Mein Teilhaber, Herr Michael Gebhart, der auch für Sie eingetreten ist, will Ihnen Glück wünschen."

„Sie sind es!"

Sontheimer drückte auch diesem die Hand zum Gruße und sagte mit leiser Stimme, sodaß es Erna nicht hören konnte:

„Ich weiß, was Sie für mich getan haben. Ich werde selbstverständlich meine Schuld einlösen und meine Dankbarkeit bezeugen, so gut ich kann."

Inzwischen war Erna Sontheimer zu Steinherz hingetreten.

„Sie haben mir den Vater wiedergegeben! Sagen Sie, wie ich es Ihnen danken soll?"

„Wie?"

Ein flüchtiges Lächeln huschte über das Gesicht des Detektivs, als er dann mit lauter Stimme hinzufügte:

„Sie hatten damals gesagt, Sie würden dem, der Ihren Vater retten und ihm die Ehre wiedergeben würde, alles geben, was er von Ihnen forderte, wissen Sie es noch?“

„Ja!“

„Habe ich das gehalten?“

„Ja!“

„Gut! Dann müssen auch Sie Ihr Versprechen einlösen. Ich fordere nicht zuviel! Eine Kleinigkeit nur. Dieses zierliche Händchen und Herz – –“

Bei diesem Verlangen war Erna Sontheimer erschrocken zurückgewichen und blickte, blaß geworden, auf Michael Gebhart hin.

Dieser aber war auf Steinherz zugesprungen.

„Steinherz! Wie können Sie das fordern! Sie wissen doch alles!“

Doch der Detektiv lächelte ebenso harmlos, als er dann entgegnete:

„Ausreden lassen! Ich fordere Ihr Herz und Ihre Hand, aber nicht für mich, denn ich wäre ein solches Geschenk nicht wert, sondern für meinen Freund und Kompagnon Michael Gebhart.“

Nun aber wich der Blässe eine brennende Röte. Erstaunt sah Hans Sontheimer von einem zum anderen; ihm war das alles unverständlich; ehe er etwas antworten konnte, war Steinherz auf ihn zugegangen und sagte in seiner gewinnenden, harmlos-fröhlichen Art:

„Ich denke, wir müssen gute Miene machen. Die Beiden haben sich in Nöten und Sorgen kennen und vielleicht auch lieben gelernt, die brennenden Wangen der beiden verraten es. Not ist ein guter Kitt! Wir werden sie nicht voneinander reißen.“

Da war nun auch Gebhart vor Erna hingetreten.

„Wollen Sie mir Ihr Herz und Ihre Hand schenken? Ich will es nicht fordern, ich will, daß Sie es mir aus Liebe schenken.“

Und Erna flüchtete an die Brust des Vaters und fragte mit leiser Stimme, während sie ihr Gesichtchen an seiner Brust barg:

„Väterchen, darf ich?“

„Wenn Dein Herz es will.“

„Es will!“ hauchte sie.

„Das habe ich mir ja gleich gedacht!“ polterte Steinherz darein. „Was so traurig beginnt, muß immer fröhlich enden.“

*

Das Ende war fröhlich genug.

Dafür sorgte besonders Steinherz, der bei der Hochzeit ein Ehrengast war, der von Bräutigam und Braut verwöhnt wurde.

Nur einer war unter den Gästen, der nicht die richtige Fröhlichkeit finden konnte.

Emil Willig, der auch den Glauben an Sontheimers Schuldlosigkeit in den Tagen der härtesten Prüfung bewahrt hatte. Er mußte an den Toten denken! Wenn er auch eine harte Natur besaß, wenn er auch stets ohne Rückerinnerung mit dem unvermeidlichen Schicksal abzurechnen pflegte, ganz vergessen hatte er ihn in seinem innersten Herzen nicht.

Die alte, beliebte Firma Sontheimer war wiedererstanden und nannte sich jetzt: Sontheimer-Gebhart.

Steinherz aber hatte seinen Teilhaber dadurch verloren und mußte allein seine Firma vertreten; er konnte nun immer von sich und der Firma reden, ohne dabei eine Unwahrheit zu sagen.

Jene Photographie aber, welche die erste Anregung zu dem Aufsehen erregenden Falle gegeben hatte, nahm im Hause Gebharts einen Ehrenplatz ein.

Hatte diese auch viel Leid gebracht, so hatte er ihr doch sein Lieb zu verdanken.

Das aber wollte er ihr nie vergessen!